HENRIK IBSEN

Die Wildente

SCHAUSPIEL IN FÜNF AKTEN

NEU AUS DEM NORWEGISCHEN
ÜBERTRAGEN VON
HANS EGON GERLACH

PHILIPP RECLAM JUN. STUTTGART

Originaltitel: Vildanden (1884)

Universal-Bibliothek Nr. 2317

Satz: G. Jantsch KG, Günzburg
Druck und Bindung: Reclam Ditzingen
Printed in Germany 1981
ISBN 3-15-002317-3

PERSONEN

Konsul Werle, *Großkaufmann, Grubenbesitzer usw.*
Gregers Werle, *sein Sohn*
Der alte Ekdal
Hjalmar Ekdal, *dessen Sohn, Fotograf*
Gina Ekdal, *Hjalmars Frau*
Hedwig, *ihre 14jährige Tochter*
Frau Sörby, *Wirtschafterin bei Konsul Werle*
Relling, *Arzt*
Molvik, *ehem. Kandidat der Theologie*
Pettersen, *Diener bei Konsul Werle*
Buchhalter Gråberg
Lohndiener Jensen
Der Dicke
Der Kahle
Der Kurzsichtige
Sechs weitere Herren
} *Gäste beim Konsul*
Mehrere Lohndiener

Der erste Akt spielt im Haus von Konsul Werle, die vier folgenden in der Wohnung des Fotografen Ekdal

ERSTER AKT

Bei Konsul Werle. Kostbar und behaglich eingerichtetes Arbeitszimmer; Bücherschränke und Polstermöbel; in der Mitte ein Schreibtisch mit Geschäftspapieren; brennende Lampen mit grünen Schirmen, die im Raum ein gedämpftes Licht verbreiten. Hinten eine offene Flügeltür mit zurückgezogenen Vorhängen, durch die man in einen großen, eleganten Salon sieht, der hell erleuchtet ist von Lampen und Kerzen in Armleuchtern. Vorn rechts eine kleine Tapetentür, die vom Arbeitszimmer zu den Kontorräumen führt. Vorn links ein Kamin mit glühendem Kohlenfeuer, weiter hinten eine Flügeltür zum Speisezimmer.

Pettersen, in Livree, und Lohndiener Jensen, in Schwarz, sind im Arbeitszimmer mit Vorbereitungen beschäftigt. In dem größeren Raum hinten sieht man zwei oder drei weitere Lohndiener umhergehen, die Kerzen anzünden und sonstige Vorbereitungen treffen. Aus dem Speisezimmer hört man Stimmengewirr und Gelächter. Jetzt klopft jemand mit dem Messer gegen ein Glas; es wird still; ein Trinkspruch wird ausgebracht; Hochrufe, und danach wieder das Summen der Konversation.

Pettersen *(steckt eine Lampe beim Kamin an und setzt einen Lampenschirm darauf).* Nu hören Sie sich das an, Jensen – da ist der Alte doch aufgestanden und fordert die Herren auf, das Glas zu leeren auf das Wohl von Frau Sörby!

Jensen *(rückt einen Sessel zurecht).* Dann stimmt das vielleicht doch, was die Leute sagen, daß die beiden was miteinander haben?

Pettersen. Wer weiß.

Jensen. Denn früher, da ist er ja mächtig hinter den Weibern hergewesen.

Pettersen. Kann schon sein.

Jensen. Das Essen heute, das soll er ja wohl für seinen Sohn geben.

Pettersen. Ja. Der Sohn ist gestern nach Haus gekommen.

Jensen. Hab ich überhaupt gar nicht gewußt, daß Konsul Werle einen Sohn hat.

Pettersen. Doch, ja, er hat einen Sohn. Aber der ist die ganze Zeit da oben in Höydal, bei der Grube, wissen Sie. In den ganzen Jahren, seit ich hier im Hause bin, ist der noch nicht einmal in der Stadt gewesen.

Ein Lohndiener *(in der Flügeltür hinten)*. Ach, Pettersen, da ist so ein alter Knabe, der –

Pettersen *(brummt)*. Wer zum Teufel hat denn jetzt hier was zu suchen!

(Der alte Ekdal erscheint von rechts in dem hinteren Raum. Er hat einen verschlissenen Mantel mit hohem Kragen an; wollene Handschuhe; in der Hand einen Stock und eine Pelzmütze; unter dem Arm ein Paket, eingewickelt in grobes Packpapier. Rotbraune, schmutzige Perücke und kleiner grauer Knebelbart.)

Pettersen *(ihm entgegengehend)*. Nanu – was wollen Sie denn hier?

Ekdal *(in der Tür)*. Muß dringend ins Kontor, Pettersen.

Pettersen. Das Kontor ist seit einer Stunde geschlossen, und –

Ekdal. Hat man mir draußen schon gesagt, mein Bester. Aber Gråberg ist noch da. Seien Sie so nett, Pettersen, und lassen Sie mich da reingehen. *(Zeigt auf die Tapetentür)*. Kenne den Weg von früher.

Pettersen. Na, dann gehen Sie mal. *(Öffnet die Tapetentür.)* Aber vergessen Sie bloß nicht beim Rausgehn, daß Sie dann nicht wieder hier durchkommen; wir haben nämlich Gäste.

Ekdal. Weiß ich, weiß ich – hm! Besten Dank auch, Pettersen, guter alter Freund. Danke. *(Leise.)* Trottel! *(Geht hinein; Pettersen macht die Tür hinter ihm wieder zu.)*

Jensen. Arbeitet der denn auch hier im Kontor?

Pettersen. Nein, der macht nur so gelegentlich Schreibarbeiten, wenn mal was zu schreiben ist. Aber früher, da war das ein schneidiger Kerl, der alte Ekdal.

Jensen. Ja, aussehen tat er nach allem möglichen.

Pettersen. Das will ich meinen; der ist nämlich Hauptmann gewesen, müssen Sie wissen.

J e n s e n. Teufel auch – Hauptmann war der!

P e t t e r s e n. Ja, allerdings, das war er. Aber dann verlegte er sich auf den Holzhandel, oder was es nun war. Und dabei soll er den Konsul mal in eine ziemlich üble Klemme gebracht haben. Denn das mit der Grube oben in Höydal, das hatten die beiden ja damals zusammen angefangen, wissen Sie. Ja, den alten Ekdal, den kenn ich gut. Mit dem trink ich häufig mal 'n Bier und 'n Schnaps, da im Lokal von Madam Eriksen.

J e n s e n. Na, der sieht aber nicht danach aus, als ob er groß was spendieren könnte.

P e t t e r s e n. Aber nein, Jensen, das können Sie sich doch wohl denken, daß ich derjenige bin, der spendiert. Ich finde, man soll ein bißchen nett sein zu besseren Leuten, die so ins Unglück geraten sind.

J e n s e n. Hat er denn Bankrott gemacht?

P e t t e r s e n. Nee, das war noch was Schlimmeres als Bankrott. Er ist nämlich ins Zuchthaus gekommen.

J e n s e n. Ins Zuchthaus!

P e t t e r s e n. Oder vielleicht war er auch im Gefängnis. – *(Lauschend.)* Ruhig mal – die Tafel wird aufgehoben.

(Die Tür zum Speisezimmer wird von innen durch zwei Diener geöffnet. Frau Sörby kommt heraus, im Gespräch mit zwei Herren. Nach und nach folgt die übrige Gesellschaft, darunter Konsul Werle; zuletzt kommen Hjalmar Ekdal und Gregers Werle.)

F r a u S ö r b y *(im Vorbeigehen zu dem Diener).* Pettersen, lassen Sie den Kaffee im Musiksalon servieren.

P e t t e r s e n. Sehr wohl, Frau Sörby.

(Frau Sörby und die beiden Herren gehen in den Raum hinten und verschwinden nach rechts. Pettersen und Lohndiener Jensen gehen in der gleichen Richtung ab.)

D e r D i c k e *(zu dem Kahlen).* Puh – dieses Essen, das war ein hartes Stück Arbeit!

D e r K a h l e. Oh, mit ein bißchen gutem Willen kann man in drei Stunden Unglaubliches leisten.

D e r D i c k e. Ja, aber hinterher, hinterher, mein lieber Kammerherr!

E i n d r i t t e r H e r r. Ich höre, Mokka und Maraschino soll im Musiksalon gereicht werden.

Der Dicke. Bravo! Vielleicht spielt uns Frau Sörby dann etwas vor.

Der Kahle *(mit gesenkter Stimme).* Hoffentlich bläst sie uns nicht demnächst den Marsch!

Der Dicke. Aber nein; Berta läßt doch ihre alten Freunde nicht im Stich.

(Die Herren gehen lachend ab nach hinten.)

Konsul Werle *(leise und verstimmt).* Hoffentlich ist es niemandem aufgefallen, Gregers.

Gregers *(sieht ihn an).* Was denn?

Werle. Du hast es also auch nicht bemerkt?

Gregers. Was sollte ich denn bemerkt haben?

Werle. Wir waren dreizehn bei Tisch.

Gregers. So? Waren wir dreizehn?

Werle *(mit einem Blick auf Hjalmar Ekdal).* Wir pflegen sonst immer zwölf zu sein. *(Zu den anderen.)* Bitte, meine Herren! *(Er und die übrigen, mit Ausnahme von Hjalmar und Gregers, gehen durch die Tür hinten und nach rechts.)*

Hjalmar *(der das Gespräch gehört hat).* Du hättest mich lieber nicht einladen sollen, Gregers.

Gregers. Was denn! Dieses Essen heute wird ja für mich gegeben, heißt es. Und da sollte ich meinen einzigen und besten Freund nicht einladen –

Hjalmar. Ich glaube nicht, daß dein Vater es gerne sieht. Ich komme ja sonst nie hier ins Haus.

Gregers. Das hörte ich. Aber ich mußte dich unbedingt sehen und mit dir reden; denn wahrscheinlich reise ich ja bald wieder ab. – Ach ja, wir zwei alten Schulfreunde, wir haben uns so richtig aus den Augen verloren. Wie lange haben wir beide uns jetzt nicht mehr gesehen? Sechzehn – siebzehn Jahre!

Hjalmar. Ist es solange her?

Gregers. Ja, tatsächlich. Na, und du, wie ist es dir inzwischen ergangen? Gut siehst du aus. Du bist voller geworden, beinahe ein bißchen dick.

Hjalmar. Hm, dick kann man wohl nicht sagen. Aber ich sehe natürlich etwas männlicher aus als damals.

Gregers. Ja, das stimmt; dein Äußeres hat nicht gelitten.

Hjalmar *(mit düsterer Stimme).* Aber mein Inneres,

Freund, mein Inneres! Glaube mir, da sieht es anders aus! Du weißt ja, wie schrecklich alles zusammengebrochen ist – für mich und die Meinen, seit wir uns das letztemal gesehen haben.

Gregers *(leise, behutsam).* Wie geht es deinem Vater jetzt?

Hjalmar. Ach, lieber Freund, reden wir bitte nicht davon. Mein armer, unglücklicher Vater lebt selbstverständlich bei mir. Er hat ja sonst auf der ganzen Welt niemanden, an den er sich halten könnte. Aber du verstehst, es ist für mich so schwer, darüber zu reden, so zermalmend. – Erzähle mir lieber, wie es dir da oben in Höydal ergangen ist.

Gregers. Wunderbar einsam war es – und ich hatte gute Gelegenheit, über alles mögliche nachzudenken. – Komm, machen wir es uns gemütlich. *(Er setzt sich in einen der Sessel am Kamin und nötigt Hjalmar, in einem Sessel neben ihm Platz zu nehmen.)*

Hjalmar *(gerührt).* Jedenfalls danke ich dir sehr, Gregers, daß du mich an deines Vaters Tisch gebeten hast; denn jetzt weiß ich doch, daß du nichts mehr gegen mich hast.

Gregers *(verwundert).* Wie kommst du darauf, daß ich etwas gegen dich haben sollte?

Hjalmar. Oh, doch – jedenfalls in den ersten Jahren.

Gregers. In welchen ersten Jahren?

Hjalmar. Nach dem großen Unglück. Und das war auch ganz natürlich, daß du damals etwas gegen mich hattest. Denn es hing ja an einem Haar, daß dein Vater selbst auch mithereingezogen wurde in diese – ach, diese schrecklichen Geschichten!

Gregers. Und deshalb hätte ich etwas gegen dich haben sollen? Wer hat dir denn das eingeredet?

Hjalmar. Ich weiß, Gregers, daß es so war; das hat mir dein Vater selbst erzählt.

Gregers *(stutzt).* Mein Vater? Ach so. Hm. – Und war das der Grund, daß du seitdem nie mehr etwas von dir hast hören lassen – nicht ein einziges Wort?

Hjalmar. Ja.

Gregers. Nicht einmal damals, als du den Entschluß faßtest, Fotograf zu werden?

Hjalmar. Dein Vater meinte, es sei besser, wenn ich dir überhaupt nicht schreibe.

Gregers *(vor sich hinstarrend).* Ja, ja, vielleicht hatte er damit auch ganz recht. – Aber jetzt sag mir doch mal, Hjalmar – bist du einigermaßen glücklich und zufrieden in deiner gegenwärtigen Lage?

Hjalmar *(ein wenig seufzend).* Ach ja, das bin ich wohl; kann ich eigentlich nicht anders sagen. Im Anfang, das wirst du verstehen, war es natürlich alles ein wenig sonderbar für mich. Denn ich kam ja in so völlig veränderte Verhältnisse. Aber alles andere war ja auch völlig verändert. Dieses große Unglück mit meinem Vater – der Ruin – und die Schande, Gregers, die Schande –

Gregers *(erschüttert).* Ja, gewiß. Ja, natürlich.

Hjalmar. Ich konnte selbstverständlich gar nicht daran denken, etwa weiterzustudieren – es war ja kein Heller übriggeblieben; ganz im Gegenteil, eher Schulden – hauptsächlich bei deinem Vater, glaube ich –

Gregers. Hm –

Hjalmar. Na ja, und da fand ich, es sei das beste – so mit einem Ruck, verstehst du – mich aus all den alten Verhältnissen und Verbindungen zu lösen. Es war besonders dein Vater, der mir dazu riet; und da er sich so hilfreich meiner annahm –

Gregers. Wer – mein Vater?

Hjalmar. Ja, aber das weißt du doch sicher? Woher hätte ich denn das Geld nehmen sollen, fotografieren zu lernen, ein Atelier einzurichten und mich zu etablieren? Sowas kostet eine Menge Geld, das kannst du mir glauben.

Gregers. Und das alles hat mein Vater finanziert?

Hjalmar. Ja, lieber Freund, weißt du das denn nicht? Ich war der Meinung, er hätte es dir geschrieben.

Gregers. Mit keinem Wort hat er erwähnt, daß *er* es war. Das muß er vergessen haben. Unsere Korrespondenz war ja auch immer rein geschäftlicher Art. So, das war also mein Vater –!

Hjalmar. Ja, allerdings. Er wollte nicht, daß irgend jemand etwas davon erfuhr; aber *er* war es. Und er war es ja auch, der es mir ermöglichte, zu heiraten. Aber vielleicht – weißt du auch das nicht?

Gregers. Nein, das wußte ich allerdings nicht. – *(Ergreift seinen Arm und schüttelt ihn.)* Also, mein lieber Hjalmar, ich kann dir gar nicht sagen, wie froh mich das alles macht – und wie sehr es mich bedrückt. Vielleicht habe ich meinem Vater doch Unrecht getan – jedenfalls zum Teil. Denn, siehst du, was du mir da erzählst, das zeugt ja von Herz, von Mitgefühl. Das läßt geradezu so etwas wie eine Art Gewissen erkennen.

Hjalmar. Gewissen?

Gregers. Ja, ja, oder wie du es sonst nennen willst. Nein, ich habe einfach keine Worte dafür, wie froh es mich macht, dies von meinem Vater zu erfahren. – So, und du bist also verheiratet, Hjalmar. Da hast du es weiter gebracht, als ich es jemals bringen werde. Nun, und du bist doch hoffentlich glücklich als Ehemann?

Hjalmar. Ja, das bin ich wirklich. Sie ist eine so tüchtige und gute Frau, wie sie sich ein Mann nur wünschen kann. Und sie ist auch durchaus nicht ohne jede Bildung.

Gregers *(leicht verwundert)*. Aber nein, das ist sie sicher nicht.

Hjalmar. Nein, denn siehst du, das Leben bildet ja den Menschen. Der tägliche Umgang mit mir – und außerdem pflegen wir einen regen Verkehr mit zwei geistig wirklich hochstehenden Menschen. Ich kann dir sagen, du würdest Gina nicht wiedererkennen.

Gregers. Gina?

Hjalmar. Ja, mein Guter, hast du denn vergessen, daß sie Gina hieß?

Gregers. Daß wer Gina hieß? Ich weiß ja überhaupt nicht –

Hjalmar. Aber erinnerst du dich denn gar nicht, daß sie damals hier bei euch im Haus war?

Gregers *(ihn ansehend)*. Doch nicht etwa Gina Hansen?

Hjalmar. Ja, natürlich, Gina Hansen.

Gregers. Die im letzten Jahr von Mutters Krankheit hier bei uns den Haushalt führte?

Hjalmar. Ja, so ist es. Aber, mein Lieber, dein Vater hat es dir doch geschrieben, daß ich geheiratet hatte, das weiß ich bestimmt.

Gregers *(der aufgestanden ist)*. Doch, das hat er mir

allerdings geschrieben; aber er hat mir nicht geschrieben, daß – *(Hin und her gehend.)* Laß mich nachdenken; vielleicht hat er es mir doch – wenn ich es mir jetzt überlege. Mein Vater schreibt mir ja immer nur so kurz. *(Setzt sich halb auf die Sessellehne.)* Du, Hjalmar, erzähl mir doch mal – das ist ja wirklich lustig – wie kam es eigentlich, daß du Gina – daß du deine Frau kennenlerntest?

Hjalmar. Ach, das kam ganz einfach. Gina blieb ja nicht lange hier im Haus; denn hier war damals so viel Unruhe – die Krankheit deiner Mutter – das alles war zuviel für Gina, und da kündigte sie und ging. Das war in dem Jahr, bevor deine Mutter starb – oder vielleicht auch im selben Jahr.

Gregers. Es war im selben Jahr. Und ich war damals oben in Höydal. Ja, und dann?

Hjalmar. Ja, dann wohnte Gina zu Haus bei ihrer Mutter, einer Madam Hansen. Eine sehr tüchtige und strebsame Frau, die einen kleinen Mittagstisch hatte. Und außerdem hatte sie auch ein Zimmer zu vermieten; ein wirklich hübsches und behagliches Zimmer.

Gregers. Und da hattest du wohl das Glück, dieses Zimmer zu finden?

Hjalmar. Ja, und zwar war es dein Vater, der mich darauf aufmerksam machte. Und dort – verstehst du – ja, eigentlich war es dort, wo ich Gina kennenlernte.

Gregers. Und dann kam es zur Verlobung?

Hjalmar. Ja. Bei jungen Leuten geht es ja so rasch und leicht, daß sie sich ineinander verlieben – hm –

Gregers *(steht auf und geht umher)*. Sag mal – und als du dich verlobt hattest – war es damals, daß mein Vater dich – ich meine, war es damals, daß du anfingst, dich auf das Fotografieren zu verlegen?

Hjalmar. Ja, genau. Denn ich wollte ja gern vorankommen und sobald als möglich einen eigenen Hausstand gründen. Und da meinte sowohl dein Vater als auch ich, daß die Sache mit dem Fotografieren eigentlich das Vernünftigste wäre. Und Gina meinte das auch. Ja, und dann sprach noch etwas dafür, siehst du; es traf sich so glücklich, daß Gina retuschieren gelernt hatte.

Gregers. Das paßte ja geradezu wunderbar zusammen.

Hjalmar *(strahlend, während er aufsteht).* Ja, nicht wahr? Findest du nicht auch, daß das wunderbar zusammenpaßte?

Gregers. Doch, das muß ich zugeben. Da ist mein Vater für dich ja geradezu eine Art Vorsehung gewesen.

Hjalmar *(bewegt).* Er hat den Sohn seines alten Freundes in den Tagen der Not nicht vergessen. Denn er hat wirklich ein gutes Herz, weißt du.

Frau Sörby *(kommt herein mit Konsul Werle, den sie untergefaßt hat).* Keine Widerrede, lieber Konsul. Sie sollen nicht noch länger da drin in all die Lichter starren, das tut Ihnen nicht gut.

Werle *(läßt ihren Arm los und fährt sich mit der Hand über die Augen).* Ich glaube fast, Sie haben recht.

(Pettersen und Lohndiener Jensen kommen herein mit Tabletts.)

Frau Sörby *(zu den Gästen im Salon hinten).* Bitte sehr, meine Herren – wer ein Glas Punsch haben möchte, der muß sich hier hereinbemühen.

Der Dicke *(nähert sich Frau Sörby).* Was höre ich da – ist es wahr, daß Sie die gesegnete Rauchfreiheit aufgehoben haben?

Frau Sörby. Ja, mein lieber Kammerherr, hier drin beim Konsul darf nicht geraucht werden.

Der Kahle. Wann haben Sie denn diese verschärften Bestimmungen eingeführt, Frau Sörby?

Frau Sörby. Nach dem vorigen Diner, Herr Kammerherr; denn da gab es gewisse Leute, die die Grenze nicht respektierten.

Der Kahle. Und es ist nicht erlaubt, die Grenze zu übertreten, Frau Berta? Auch nicht so ein ganz kleines bißchen?

Frau Sörby. Nein, mein Herr, in keinerlei Hinsicht.

(Die meisten Gäste haben sich im Zimmer des Konsuls versammelt; Diener gehen umher und servieren Punsch in Gläsern.)

Werle *(zu Hjalmar, der an einem Tisch steht).* Was studieren Sie denn da, Ekdal?

Hjalmar. Ich sehe mir nur ein Album an, Herr Konsul.

Der Kahle *(der im Raum umhergeht).* Aha, Fotografien! Das ist freilich etwas für Sie.

Der Dicke *(in einem Sessel sitzend)*. Haben Sie nicht ein paar von Ihren eigenen Bildern mitgebracht?

Hjalmar. Nein, das habe ich nicht.

Der Dicke. Das hätten Sie aber tun sollen; es ist so gut für die Verdauung, dazusitzen und sich Bilder anzusehen.

Der Kahle. Und außerdem trägt man dadurch ja ein wenig zur allgemeinen Unterhaltung bei.

Der Kurzsichtige. Und jeder Beitrag wird dankbar akzeptiert.

Frau Sörby. Die Kammerherren sind offenbar der Meinung, Herr Ekdal, daß man, wenn man eingeladen ist, für das, was man verzehrt, auch etwas tun sollte.

Der Dicke. Was in einem Haus mit so guter Küche ja ein reines Vergnügen ist.

Der Kahle. Ja, du lieber Gott, wenn es gilt, sich im Kampf ums Dasein zu behaupten. –

Frau Sörby. Da haben Sie allerdings recht! *(Sie führen die Unterhaltung lachend und scherzend weiter.)*

Gregers *(leise)*. Du mußt mitreden, Hjalmar.

Hjalmar *(unbehaglich)*. Worüber soll ich denn reden.

Der Dicke. Meinen Sie nicht auch, Herr Konsul, daß Tokajer für den Magen verhältnismäßig gesund ist?

Werle *(am Kamin)*. Für den Tokajer, den Sie heute bekommen haben, kann ich mich jedenfalls getrost verbürgen, das war einer der allerbesten Jahrgänge. Aber das werden Sie ja wohl selbst festgestellt haben.

Der Dicke. Ja, er schmeckte auffallend delikat.

Hjalmar *(unsicher)*. Ist denn ein Unterschied zwischen den Jahrgängen?

Der Dicke *(lacht)*. Also, Sie sind gut!

Werle *(lächelt)*. Bei Ihnen lohnt es sich wirklich nicht, Ihnen einen edlen Tropfen vorzusetzen.

Der Kahle. Sehen Sie, Herr Ekdal, mit dem Tokajer ist das genau wie mit den Fotografien. Das braucht Sonne. Oder ist es vielleicht nicht so?

Hjalmar. Doch, das Licht ist freilich wichtig.

Frau Sörby. Aber dann ist das ja akkurat wie mit den Kammerherren – die sollen nämlich auch mächtig viel Sonne brauchen.

Der Kahle. Oh, oh – diese Bosheit ist aber reichlich alt!

Der Kurzsichtige. Madam produziert sich –

Der Dicke. – und das auf unsere Kosten. *(Drohend.)* Frau Berta, Frau Berta!

Frau Sörby. Ja, aber das stimmt wirklich, daß zwischen den Jahrgängen ein sehr großer Unterschied sein kann. Die alten Jahrgänge sind die besten.

Der Kurzsichtige. Zählen Sie mich zu den alten?

Frau Sörby. Keineswegs.

Der Kahle. Hört, hört! Und ich, schöne Frau?

Der Dicke. Ja, und ich? Zu welchen Jahrgängen rechnen Sie uns?

Frau Sörby. Sie, meine Herren, rechne ich zu den süßen Jahrgängen. *(Sie nimmt einen Schluck von ihrem Punsch; die Kammerherren lachen und machen ihre Späßchen mit ihr.)*

Werle. Frau Sörby findet immer einen Ausweg – wenn sie will. Aber so trinken Sie doch, meine Herren! – Pettersen, sorgen Sie bitte dafür –! Gregers, ich denke, wir trinken ein Glas miteinander. *(Gregers rührt sich nicht.)* Und wollen Sie nicht mithalten, Ekdal? Ich hatte bei Tisch keine Gelegenheit, Ihnen zuzutrinken.

(Buchhalter Gråberg steckt den Kopf durch die Tapetentür herein.)

Gråberg. Verzeihung, Herr Konsul, aber ich kann nicht raus.

Werle. Ach, hat man Sie schon wieder mal eingeschlossen?

Gråberg. Ja, und Flakstad hat die Schlüssel mitgenommen.

Werle. Na schön, dann kommen Sie nur hier durch.

Gråberg. Aber da ist noch einer –

Werle. Kommen Sie nur, alle beide; genieren Sie sich nicht.

(Gråberg und der alte Ekdal kommen durch die Tapetentür herein. Werle stößt einen Laut unbehaglicher Überraschung aus. Das Gelächter und die Gespräche der Gäste verstummen. Hjalmar fährt beim Anblick seines Vaters zusammen, stellt das Glas aus der Hand und wendet sich zum Kamin.)

Ekdal *(durchquert den Raum ohne aufzusehen, während er kurze Verbeugungen nach rechts und links macht und vor sich hinmurmelt).* Verzeihung. Falschen Weg gekommen. Tor geschlossen – Tor geschlossen. Bitte um Verzeihung. *(Er und Gråberg gehen durch die Tür im Hintergrund und ab nach rechts.)*

Werle *(zwischen den Zähnen).* Dieser verdammte Gråberg!

Gregers *(mit offenem Mund starrend, zu Hjalmar).* Mein Gott, das war doch wohl nicht –

Der Dicke. Was ist denn? Wer war denn das?

Gregers. Ach, niemand – das war nur der Buchhalter und noch einer.

Der Kurzsichtige *(zu Hjalmar).* Kannten Sie den Mann?

Hjalmar. Ich weiß nicht, ich – ich habe gar nicht Obacht gegeben –

Der Dicke *(steht auf).* Was zum Teufel ist hier eigentlich los? *(Geht hin zu einigen anderen, die leise miteinander reden.)*

Frau Sörby *(leise zu Pettersen).* Gehen Sie ihm nach und stecken Sie ihm irgend etwas zu, was Gutes.

Pettersen *(nickt).* Mache ich. *(Geht hinaus.)*

Gregers *(erschüttert, leise zu Hjalmar).* Er war es also wirklich!

Hjalmar. Ja.

Gregers. Und da stehst du hier und leugnest, ihn zu kennen!

Hjalmar *(leise und heftig).* Aber wie konnte ich denn –!

Gregers. – ihn anerkennen als deinen Vater?

Hjalmar *(schmerzlich).* Ach, wenn du in meiner Lage wärst, so –

(Die übrigen Gäste, die bisher leise miteinander geredet haben, gehen jetzt zu forciert lauter Konversation über.)

Der Kahle *(nähert sich freundlich Hjalmar und Gregers).* Na, hier werden wohl alte Erinnerungen aus der Studentenzeit aufgefrischt, wie? Rauchen Sie nicht, Herr Ekdal? Kann ich Ihnen Feuer geben? Ach nein, das ist ja wahr, wir dürfen hier ja nicht –

Hjalmar. Danke, ich möchte nicht –

Der Dicke. Haben Sie nicht ein nettes kleines Gedicht, Herr Ekdal, das Sie uns aufsagen könnten? Früher haben Sie das immer so hübsch gemacht.

Hjalmar. Ich kann leider nichts mehr auswendig.

Der Dicke. Das ist aber schade. *(Zu dem Kahlen.)* Ja, Balle, was machen wir denn jetzt? *(Die beiden Herren entfernen sich nach hinten und gehen durch die Flügeltür in den Salon.)*

Hjalmar *(düster)*. Gregers – ich möchte gehen! Siehst du, wenn man einmal die Hand des Schicksals so zermalmend auf seinem Haupt gespürt hat – empfiehl mich bitte deinem Vater.

Gregers. Ja, ja. Gehst du gleich nach Haus?

Hjalmar. Ja. Warum fragst du?

Gregers. Nun, vielleicht komme ich dann nachher noch zu dir.

Hjalmar. Ach nein, tu das nicht. Nicht zu mir nach Haus. Meine Wohnung ist trist, Gregers – besonders, wenn man von einem so glänzenden Fest kommt wie hier. Wir können uns ja jederzeit irgendwo in der Stadt treffen.

Frau Sörby *(die herangekommen ist, leise)*. Sie wollen schon gehen, Ekdal?

Hjalmar. Ja.

Frau Sörby. Grüßen Sie Gina.

Hjalmar. Danke.

Frau Sörby. Und sagen Sie ihr, ich käme dieser Tage mal bei ihr vorbei.

Hjalmar. Ja, danke. *(Zu Gregers.)* Bleib hier. Ich möchte unauffällig verschwinden. *(Geht langsam nach hinten, dann durch die Flügeltür und ab nach rechts.)*

Frau Sörby *(leise zu Pettersen, der zurückgekommen ist)*. Nun, hat der Alte was mitbekommen?

Pettersen. Jawohl – ich habe ihm eine Flasche Cognac zugesteckt.

Frau Sörby. Da hätten Sie sich aber auch was Besseres einfallen lassen können.

Pettersen. O nein, Frau Sörby; es gibt nichts Besseres für ihn als Cognac.

Der Dicke *(erscheint in der Tür hinten, in der Hand einen Notenband)*. Wollen wir nicht ein bißchen was vierhändig spielen, Frau Sörby?

Frau Sörby. Aber gern; das wollen wir.

D i e G ä s t e. Bravo, bravo!

(Sie und alle Gäste entfernen sich durch den Salon nach rechts. Gregers bleibt am Kamin stehen. Konsul Werle sucht irgend etwas auf seinem Schreibtisch und scheint zu wünschen, daß Gregers ihn allein läßt; da dieser sich nicht von der Stelle bewegt, geht der Konsul nach hinten auf die Tür zu.)

G r e g e r s. Vater, kannst du nicht noch einen Augenblick bleiben?

W e r l e *(stehenbleibend)*. Was ist?

G r e g e r s. Ich muß mit dir reden.

W e r l e. Hat das nicht Zeit, bis wir allein sind?

G r e g e r s. Nein – denn es könnte unter Umständen sein, daß wir nie mehr allein sind.

W e r l e *(kommt näher)*. Was soll das heißen?

(Während des folgenden Gesprächs hört man entferntes Klavierspiel aus dem Musiksalon.)

G r e g e r s. Wie war es möglich, daß man diese Familie hier so jämmerlich hat verkommen lassen?

W e r l e. Du meinst vermutlich Ekdals, nehme ich an?

G r e g e r s. Ja, ich meine Ekdals. Der Hauptmann Ekdal stand dir doch einst so nah.

W e r l e. Ja, leider, er stand mir sogar allzunah. Das habe ich viele Jahre lang zu spüren bekommen und bitter bezahlt. Und wenn mein guter Name auch eine Art Schramme bekam, so habe ich es ihm zu verdanken.

G r e g e r s *(leise und eindringlich)*. War wirklich er der einzig Schuldige?

W e r l e. Wer sonst, deiner Meinung nach?

G r e g e r s. Den großen Waldkauf, das habt ihr damals doch beide gemeinsam gemacht, er und du –

W e r l e. Aber war es nicht Ekdal, der die Karte aufnahm über das Gebiet, diese Karte, die sich dann als unzuverlässig erwies? Er war es, der diese ungesetzliche Abholzung auf staatlichem Grund und Boden durchführte. Denn er hatte ja die Leitung des ganzen Betriebes. Ich hatte keine genaue Kenntnis von dem, was Hauptmann Ekdal dort oben trieb.

G r e g e r s. Hauptmann Ekdal wußte selbst wohl auch nicht so genau, was er tat.

Werle. Schon möglich. Tatsache ist jedenfalls, daß er verurteilt wurde und ich freigesprochen.

Gregers. Ja, ich weiß – auf Grund mangelnder Beweise.

Werle. Freispruch ist Freispruch. Warum gräbst du diese alten, unerquicklichen Dinge wieder aus, die mein Haar vor der Zeit grau werden ließen? Ist es das, worüber du all die Jahre dort oben nachgedacht hast? Ich kann dir versichern, Gregers, hier in der Stadt hat man diese alten Geschichten längst vergessen – soweit es sich um mich handelt.

Gregers. Und die unglückliche Familie Ekdal?

Werle. Ja, was meinst du eigentlich, was ich für die Leute hätte tun sollen? Als Ekdal wieder auf freien Fuß gesetzt wurde, war er ein gebrochener Mann, dem einfach nicht zu helfen war. Es gibt eben Menschen, die brauchen nur mal ein paar Schrotkörner in den Balg zu bekommen, dann tauchen sie unter, bis auf den Grund, und kommen nie mehr nach oben. Du kannst mir wirklich glauben, Gregers: ich bin so weit gegangen, wie ich konnte, wenn ich mich dabei nicht selbst bloßstellen und allen möglichen Verdächtigungen und Redereien Nahrung geben wollte –

Gregers. Verdächtigungen? – Ach so, ja.

Werle. Ich habe dafür gesorgt, daß Ekdal hier vom Kontor Schreibarbeiten bekommt, und ich bezahle ihm dafür sehr viel mehr, als seine Arbeit wert ist –

Gregers *(ohne ihn anzusehen).* Hm – daran zweifle ich nicht.

Werle. Du lachst? Glaubst du vielleicht, es stimmt nicht, was ich dir sage? In meinen Büchern steht allerdings nichts darüber; denn über derartige Ausgaben führe ich niemals Buch.

Gregers *(lächelt feindlich).* Nein, denn es gibt gewisse Ausgaben, bei denen es besser ist, wenn sie nicht in den Büchern erscheinen.

Werle *(stutzt).* Was willst du damit sagen?

Gregers *(der sich Mut machen muß, die Frage zu stellen).* Hast du Buch darüber geführt, was es dich gekostet hat, Hjalmar Ekdal Fotograf werden zu lassen?

Werle. Ich? Wieso sollte ich darüber Buch geführt haben?

Gregers. Ich weiß inzwischen, daß du es warst, der es

finanziert hat. Und ich weiß außerdem, daß du es warst, der ihm so großzügig ermöglichte, sich zu etablieren.

W e r l e. Also bitte – und da behauptest du noch, ich hätte für die Ekdals nichts getan! Du kannst mir glauben, ich habe durch diese Menschen wahrhaftig Ausgaben genug gehabt.

G r e g e r s. Hast du über irgendwelche dieser Ausgaben Buch geführt?

W e r l e. Warum fragst du danach?

G r e g e r s. Ach, das hat so seine Gründe. Sag mal – damals, als du dich so warmherzig des Sohnes deines alten Freundes annahmst – war das nicht gerade in der Zeit, als er die Absicht hatte zu heiraten?

W e r l e. Ja, was zum Henker – wie soll ich denn nach so vielen Jahren noch wissen –

G r e g e r s. Du hast mir damals einen Brief geschrieben – einen geschäftlichen Brief natürlich, aber in einer Nachschrift stand, ganz kurz, daß Hjalmar Ekdal sich verheiratet hätte mit einem Fräulein Hansen.

W e r l e. Das war ja auch ganz richtig; so hieß sie.

G r e g e r s. Aber du hattest mir nichts davon geschrieben, daß dieses Fräulein Hansen Gina Hansen war, unsere ehemalige Haushälterin.

W e r l e *(lacht spöttisch, aber gezwungen)*. Nein, denn ich hatte wirklich nicht angenommen, daß du ein so besonderes Interesse für unsere ehemalige Haushälterin haben könntest.

G r e g e r s. Das war auch nicht der Fall. Aber – *(senkt die Stimme)* es gab andere hier im Haus, die sich in der Tat sehr für sie interessierten.

W e r l e. Was soll das heißen? *(Nähert sich ihm drohend.)* Meinst du damit etwa mich?

G r e g e r s *(leise, aber mit Festigkeit)*. Ja, ich meine dich.

W e r l e. Und du wagst es –! Du unterstehst dich –! Und dieser Undankbare, dieser Fotograf – er besitzt die Unverschämtheit, mit derartigen Anspielungen zu kommen!

G r e g e r s. Hjalmar hat kein Wort davon gesagt! Ich glaube nicht einmal, daß er irgend etwas davon ahnt.

W e r l e. Aber wo hast du es dann her? Wer sollte dir etwas Derartiges gesagt haben können?

Gregers. Das hat mir meine arme unglückliche Mutter gesagt. Und zwar, als ich sie das letztemal sah.

Werle. Deine Mutter! Das hätte ich mir wirklich denken können! Sie und du – ihr habt ja immer zusammengehalten. Sie war es, die dich mir von Anfang an entfremdet hat.

Gregers. Nein, nicht sie – sondern all das, was sie leiden und erdulden mußte, bis sie es nicht mehr ertrug und so jämmerlich zugrunde ging.

Werle. Ach was – sie hatte überhaupt nichts zu leiden und zu erdulden; jedenfalls nicht mehr als so viele andere auch! Aber mit kränklichen, überspannten Menschen ist eben nicht auszukommen. Das habe ich zur Genüge erfahren. – Und du, du trägst also einen solchen Verdacht mit dir herum – wühlst in allen möglichen alten Gerüchten und frißt üble Nachrede gegen deinen eigenen Vater in dich hinein. Ich finde wirklich, Gregers, in deinem Alter könntest du dich mit etwas Nützlicherem beschäftigen.

Gregers. Ja, das wäre ja auch wirklich allmählich an der Zeit.

Werle. Vielleicht würde dir dann auch leichter ums Herz werden, als es jetzt der Fall zu sein scheint. Wo soll das hinführen, daß du dich jahraus jahrein da oben vergräbst, dich abplagst wie ein simpler Kontorangestellter und keinen Pfennig mehr annehmen willst als den üblichen Monatslohn? Das ist doch völliger Unsinn.

Gregers. Das weiß ich nicht so genau.

Werle. Sicher, ich verstehe dich ja. Du möchtest unabhängig sein, möchtest mir nichts zu danken haben. Aber gerade jetzt bietet sich für dich die Gelegenheit, unabhängig zu werden, ganz dein eigener Herr zu sein.

Gregers. So? Und auf welche Weise –?

Werle. Als ich dir schrieb, daß du dringend sofort in die Stadt kommen müßtest – hm –

Gregers. Ja, was wolltest du eigentlich von mir? Ich habe den ganzen Tag darauf gewartet, es zu erfahren.

Werle. Ich möchte dir vorschlagen, daß du als Teilhaber in die Firma eintrittst.

Gregers. Ich? In deine Firma? Als Kompagnon?

Werle. Ja. Wir brauchten deshalb ja nicht dauernd zusammen zu sein. Du könntest die Geschäfte hier in der Stadt übernehmen, und ich würde in das Werk in Höydal gehen.

G r e g e r s. Würdest du das tun wollen?

W e r l e. Ja, siehst du, ich bin nicht mehr so leistungsfähig, wie ich früher war. Ich bin gezwungen, meine Augen zu schonen, Gregers; sie sind in letzter Zeit ein wenig schwach geworden.

G r e g e r s. Das waren sie ja immer.

W e r l e. Nicht so wie jetzt. Und außerdem – besondere Umstände könnten es mir wünschenswert erscheinen lassen, oben in Höydal zu wohnen – jedenfalls für einige Zeit.

G r e g e r s. Das hätte ich nie für möglich gehalten.

W e r l e. Hör zu, Gregers; wir sind ja in so vielen Dingen so sehr verschieden. Aber wir sind schließlich doch Vater und Sohn. Und deshalb meine ich, es müßte möglich sein, daß es zwischen uns beiden zu einer Art Verständigung kommt.

G r e g e r s. Wenigstens so nach außen hin – nicht wahr?

W e r l e. Na ja, das wäre doch immerhin etwas. Überlege es dir, Gregers. Meinst du nicht, das müßte zu machen sein? Wie?

G r e g e r s *(sieht ihn mit feindlichen Augen an).* Hier steckt irgend etwas dahinter!

W e r l e. Wie meinst du das?

G r e g e r s. Du mußt etwas haben, wozu du mich brauchst.

W e r l e. In einem so nahen Verhältnis wie dem unsrigen braucht wohl immer einer den anderen.

G r e g e r s. So sagt man ja wohl.

W e r l e. Ich hätte dich jetzt gern eine Weile hier bei mir zu Haus. Ich bin ein einsamer Mann, Gregers, habe mich immer einsam gefühlt – mein ganzes Leben lang. Aber besonders jetzt, da sich allmählich das Alter bei mir bemerkbar macht. Ich muß jemanden um mich haben.

G r e g e r s. Du hast ja Frau Sörby.

W e r l e. Ja, das stimmt. Und sie ist mir sozusagen fast unentbehrlich geworden. Sie ist heiter, hat ein ausgeglichenes Wesen, sie bringt Leben ins Haus – und das habe ich so bitter nötig.

Gregers. Nun, dann hast du ja alles genau so, wie du es dir wünschst.

Werle. Gewiß, aber ich mache mir Sorgen, daß es vielleicht nicht so bleibt. Eine Frau in einer solchen Situation gerät der Gesellschaft gegenüber leicht in ein schiefes Licht. Ja, ich möchte behaupten, daß einem Mann auch nicht sonderlich damit gedient ist.

Gregers. Oh, wenn ein Mann solche Diners gibt wie du, dann kann er sich bestimmt eine ganze Menge herausnehmen.

Werle. Aber sie, Gregers! Ich fürchte, daß sie sich eines Tages nicht mehr damit abfinden wird. Und selbst wenn sie sich, aus Zuneigung zu mir, darüber hinwegsetzen würde, was die Leute hinter ihrem Rücken reden – findest du nicht, Gregers – du, mit deinem so stark ausgeprägten Gefühl für Rechtschaffenheit –

Gregers *(unterbricht ihn).* Mach es bitte kurz: hast du die Absicht, sie zu heiraten?

Werle. Und wenn ich nun eine solche Absicht hätte? Was dann?

Gregers. Ja, das sage ich auch – was dann?

Werle. Wäre das für dich so ganz und gar unerträglich?

Gregers. Aber nein, durchaus nicht. Keineswegs.

Werle. So? Nun, ich konnte ja nicht wissen, ob nicht vielleicht der Gedanke an deine selige Mutter –

Gregers. Ich bin nicht überspannt.

Werle. Also, ganz gleich, was du nun bist oder nicht bist, jedenfalls hast du mir eine schwere Last von der Seele genommen. Es ist mir außerordentlich lieb, daß ich in dieser Sache mit deiner Zustimmung rechnen kann.

Gregers *(ihn unverwandt ansehend).* Jetzt wird mir auch klar, was es ist, wozu du mich benutzen willst.

Werle. Dich benutzen? Was für ein Ausdruck!

Gregers. Ach, seien wir doch nicht so kleinlich in der Wahl der Worte – jedenfalls nicht unter vier Augen. *(Er lacht kurz.)* Das also war es! Das war der Grund dafür, daß ich sofort, unter allen Umständen, in eigener Person hier in der Stadt erscheinen mußte. Mit Rücksicht auf Frau Sörby soll jetzt hier im Haus traute Familie gespielt werden. Große Aussöhnung zwischen Vater und Sohn! Ganz was Neues!

Werle. Wie kannst du wagen, in diesem Ton mit mir zu reden!

Gregers. Wann hat es hier jemals so etwas wie ein familiäres Leben gegeben? Nie, solange ich denken kann. Aber jetzt, jetzt kann man gut und gern ein bißchen was davon gebrauchen. Denn es würde sich ja zweifellos sehr gut machen, wenn in der Stadt bekannt wird, daß der Sohn – auf Flügeln kindlicher Pietät – nach Haus geeilt ist, um teilzunehmen am Vermählungsfest seines alternden Vaters. Was bleibt dann übrig von all den Gerüchten, die arme Verstorbene habe so viel erleiden und erdulden müssen? Nicht ein Hauch. Ihr eigener Sohn widerlegt diese Gerüchte ja schlagend.

Werle. Gregers – ich glaube, es gibt auf der ganzen Welt keinen Mann, der dir so zuwider ist wie ich.

Gregers *(leise)*. Ich habe dich zu sehr aus der Nähe gesehen.

Werle. Du hast mich mit den Augen deiner Mutter gesehen. *(Senkt die Stimme ein wenig.)* Aber du solltest nicht vergessen, daß diese Augen zuweilen – umwölkt waren.

Gregers *(mit bebender Stimme)*. Ich weiß, worauf du anspielst. Aber wer trägt die Schuld an dieser unseligen Schwäche meiner Mutter? Du, du und alle diese –! Und die letzte von ihnen war diese Person, mit der Hjalmar Ekdal verkuppelt wurde, als du sie nicht mehr – ach!

Werle *(achselzuckend)*. Wort für Wort, als hörte ich deine Mutter reden.

Gregers *(ohne auf ihn zu achten)*. – und dieser Mensch mit seinem großen, kindlich vertrauenden Gemüt, da sitzt er nun mitten in einem solchen Netz von Lügen – lebt zusammen unter einem Dach mit so einer und ahnt nicht, daß sein Leben, sein Zuhause, sein Heim aufgebaut ist auf einer Lüge! *(Macht einen Schritt auf seinen Vater zu.)* Wenn ich zurücksehe auf alles, was du angerichtet hast, so erscheint vor meinen Augen ein Schlachtfeld, bedeckt von vernichteten Schicksalen.

Werle. Mir scheint fast, die Kluft, die uns trennt, ist allzu breit.

Gregers *(beherrscht sich und macht eine Verbeugung)*.

Mir ist es klargeworden – und deshalb nehme ich auch meinen Hut und gehe.

W e r l e. Du gehst? Du verläßt mein Haus?

G r e g e r s. Ja. Denn jetzt sehe ich endlich eine Aufgabe vor mir, für die es sich zu leben lohnt.

W e r l e. Und was ist das für eine Aufgabe?

G r e g e r s. Du würdest nur darüber lachen, wenn du es hörtest.

W e r l e. Ein einsamer Mann lacht nicht so leicht, Gregers.

G r e g e r s *(zeigt nach hinten zum Salon).* Sieh doch, Vater – da spielen die Kammerherren Blindekuh mit Frau Sörby. – Gute Nacht, und leb wohl. *(Er geht durch die Tür hinten und ab nach rechts. Man hört das Lachen und die Scherze der Gesellschaft, die jetzt hinten im Salon sichtbar wird.)*

W e r l e *(leise und höhnisch hinter Gregers her).* He! – Und da behauptet der arme Narr, er sei nicht überspannt!

ZWEITER AKT

Hjalmar Ekdals Atelier. Ein ziemlich großer Raum unter dem Dach. Rechts eine schräge Wand mit einem großen Fenster, dessen Scheiben halb verdeckt sind von einem blauen Vorhang. Rechts hinten in der Ecke die Tür zum Flur; vorn eine Tür zum Wohnzimmer. Links gleichfalls zwei Türen und dazwischen ein eiserner Ofen. In der Wand hinten eine breite zweiteilige Schiebetür. Das Atelier ist bescheiden, aber behaglich eingerichtet und ausgestattet. Zwischen den beiden Türen rechts steht, ein wenig von der Wand abgerückt, ein Sofa mit einem Tisch und einigen Stühlen; auf dem Tisch eine brennende Lampe mit Lampenschirm; neben dem Ofen ein alter Lehnstuhl. Im Raum verteilt verschiedene fotografische Apparate und Instrumente. Links hinten neben der Schiebetür ein Regal, darin ein paar Bücher, Schachteln und Flaschen mit Chemikalien, allerlei Geräte, Werkzeuge und andere Gegenstände. Auf dem Tisch

vor dem Sofa liegen Fotografien und einiges andere, wie Pinsel, Papier und dergleichen.
Gina Ekdal sitzt auf einem Stuhl am Tisch und näht. Hedwig sitzt auf dem Sofa, die Hände über den Augen und die Daumen in den Ohren, und liest in einem Buch.

Gina *(sieht ein paarmal zu ihr hin, wie in heimlicher Sorge, und sagt schließlich).* Hedwig –
Hedwig *(hört nicht).*
Gina *(lauter).* Hedwig!
Hedwig *(nimmt die Hände herunter und sieht hoch).* Ja, Mutter?
Gina. Hedwig, sei lieb, du mußt nu aber aufhören mit dem Lesen.
Hedwig. Ach, Mutter, kann ich denn nicht noch ein bißchen lesen? Nur noch ein kleines bißchen!
Gina. Nein, nein, leg das Buch jetzt weg. Dein Vater mag das nicht; selber liest der auch nie am Abend.
Hedwig *(macht das Buch zu).* Nein, Vater macht sich ja auch nicht so viel aus dem Lesen.
Gina *(legt das Nähzeug beiseite und nimmt einen Bleistift und ein kleines Heft zur Hand, das auf dem Tisch liegt).* Weißt du noch, was wir heute für Butter ausgegeben haben?
Hedwig. Das war eine Krone und fünfundsechzig Øre.
Gina. Stimmt. *(Notiert es im Heft.)* Allerhand, was hier an Butter verbraucht wird. Ja, und dann war es Wurst und Käse – warte mal – *(notiert es)* – und dann noch der Schinken – hm – *(rechnet zusammen)* ja, das sind nu schon –
Hedwig. Und dann kommt noch das Bier dazu.
Gina. Ja, richtig. *(Notiert es.)* Das läuft ins Geld – aber muß ja sein.
Hedwig. Und dann brauchten wir beide heute ja auch kein warmes Mittag, wo Vater zum Essen eingeladen war.
Gina. Ja, und das war gut. Na, und außerdem habe ich heute acht Kronen fünfzig für die Fotografien eingenommen.
Hedwig. Was – so viel?
Gina. Genau acht Kronen fünfzig.

(Beide schweigen. Gina nimmt wieder ihr Nähzeug. Hedwig nimmt Papier und Bleistift und fängt an zu zeichnen, wobei sie die Augen mit der linken Hand beschattet.)

Hedwig. Ist das nicht fein, daß Vater auf einer großen Gesellschaft bei Konsul Werle ist?

Gina. Das kann man nu nicht sagen, daß er beim Konsul ist. Die Einladung, die hat ihm doch der Sohn geschickt. *(Nach einer kleinen Pause.)* Mit dem Konsul, da haben wir ja nichts zu schaffen.

Hedwig. Ich freu mich ja so, wenn Vater nach Haus kommt. Denn er hat mir versprochen, er wollte Frau Sörby bitten, daß sie ihm irgendwas Gutes für mich mitgibt.

Gina. Ja, im Haus von Konsul Werle, da gibt es allerhand gute Sachen, das kannst du mir glauben.

Hedwig *(noch immer zeichnend)*. Ein bißchen hungrig bin ich außerdem auch.

(Der alte Ekdal, mit einem Paket unter dem Arm und einem anderen in der Manteltasche, kommt hinten durch die Tür zum Flur herein.)

Gina. Großvater kommt ja heute so spät nach Haus.

Ekdal. Kontor war geschlossen. Mußte drin bei Gråberg warten. Und dann mußte ich – hm.

Hedwig. Hat man dir wieder was zum Abschreiben mitgegeben, Großvater?

Ekdal. Den ganzen Packen hier. Sieh dir das bloß mal an.

Gina. Das ist ja schön.

Hedwig. Und in der Manteltasche hast du auch noch ein Paket.

Ekdal. So? Ach was – das ist nichts. *(Stellt seinen Stock in die Ecke.)* An dem hier, da habe ich lange zu arbeiten, Gina. *(Schiebt die eine Hälfte der Tür hinten ein wenig beiseite.)* Pst! *(Sieht eine Weile durch den Spalt und schiebt dann die Tür vorsichtig wieder zu.)* Hehe! Die schlafen alle miteinander. Und sie, sie ist in den Korb gegangen. Hehe!

Hedwig. Ob sie in dem Korb auch nicht friert, Großvater?

Ekdal. Wo denkst du hin! Frieren? In all dem Stroh? *(Geht zu der hinteren Tür links.)* Streichhölzer finde ich ja wohl bei mir?

G i n a. Ja, die Streichhölzer stehen auf der Kommode.

(Ekdal geht in sein Zimmer.)

H e d w i g. Das ist wirklich gut, daß Großvater so viel zu schreiben mitbekommen hat.

G i n a. Ach ja, der Arme – da verdient er sich doch wieder ein bißchen Taschengeld.

H e d w i g. Und dann kann er auch nicht den ganzen Vormittag unten in dem Lokal von der ekligen Madam Eriksen sitzen.

G i n a. Ja, das außerdem.

(Kurzes Schweigen.)

H e d w i g. Was meinst du – ob sie jetzt noch bei Tisch sitzen?

G i n a. Wer weiß. Aber das kann schon sein.

H e d w i g. Denk bloß, all die schönen Sachen, die Vater zu essen bekommt! Ich bin sicher, daß er froh und vergnügt ist, wenn er nach Haus kommt. Glaubst du nicht auch, Mutter?

G i n a. Doch, ja. Aber stell dir vor, wenn wir ihm nu erzählen könnten, daß wir einen Mieter für das Zimmer gefunden hätten.

H e d w i g. Ach, heute abend ist das nicht nötig.

G i n a. Na, das wäre aber doch ganz gut, weißt du. Jetzt steht es ja doch nur leer.

H e d w i g. Nein, ich meine, das ist heute abend nicht nötig, weil Vater heute sowieso guter Laune ist. Es ist besser, wenn wir das mit dem Zimmer für einen anderen Abend haben.

G i n a *(sieht zu ihr hin)*. Freut es dich denn so, Vater was Gutes erzählen zu können, wenn er abends nach Haus kommt?

H e d w i g. Ja, denn dann wird es doch gemütlicher hier bei uns.

G i n a *(nachdenklich)*. Ach ja, da ist schon was dran.

(Der alte Ekdal kommt wieder herein und geht auf die vordere Tür links zu.)

G i n a *(dreht sich auf dem Stuhl halb zu ihm herum)*. Braucht Großvater irgendwas aus der Küche?

E k d a l. Ja, wollte mir was holen. Bleib nur sitzen. *(Geht in die Küche.)*

Gina. Hoffentlich stochert er da draußen nicht in der Glut rum. *(Nach einer kleinen Weile.)* Hedwig, sieh doch mal nach, was er da eigentlich macht.

(Ekdal kommt aus der Küche, in der Hand einen kleinen Krug mit heißem Wasser.)

Hedwig. Hast du dir warmes Wasser geholt, Großvater?

Ekdal. Ja, brauch ich für was. Muß schreiben; und jetzt ist mir die Tinte dick geworden, wie Grütze – hm.

Gina. Aber Großvater sollte doch erst zu Abend essen. Das Essen steht ja drin.

Ekdal. Oh, mit dem Abendessen, das ist nicht so wichtig, Gina. Hab mächtig viel zu tun, weißt du. Möchte auch nicht, daß jemand zu mir hereinkommt. Niemand – hm. *(Geht in sein Zimmer. Gina und Hedwig sehen einander an.)*

Gina *(leise)*. Sag mal, verstehst du, wo er das Geld herhaben mag?

Hedwig. Hat er wahrscheinlich von Gråberg bekommen.

Gina. Bestimmt nicht. Gråberg schickt das Geld ja immer an mich.

Hedwig. Dann hat er wohl irgendwo eine Flasche anschreiben lassen.

Gina. Ach nein, der arme Alte, der hat ja doch nirgends Kredit.

(Hjalmar Ekdal, in Hut und Mantel, kommt von draußen herein.)

Gina *(legt das Nähzeug eilig aus der Hand und steht auf)*. Nanu, Ekdal, schon zurück?

Hedwig *(gleichzeitig, aufspringend)*. Oh, Vater, daß du da bist!

Hjalmar *(nimmt den Hut ab)*. Ja, die anderen gingen auch schon fast alle.

Hedwig. So zeitig?

Hjalmar. Es war ja eine Einladung zum Essen. *(Will den Mantel ausziehen.)*

Gina. Komm, ich helfe dir.

Hedwig. Ich auch.

(Sie ziehen ihm den Mantel aus. Gina hängt ihn hinten an einen Haken.)

Hedwig. Waren viele Leute da, Vater?

Hjalmar. Ach nein, nicht viele. Wir waren so etwa zwölf oder vierzehn Personen bei Tisch.

Gina. Und da hast du dich nu wohl mit allen unterhalten?

Hjalmar. Na ja, so ein bißchen. Aber besonders war es natürlich Gregers, der mich mit Beschlag belegte.

Gina. Ist Gregers immer noch so häßlich?

Hjalmar. Gott, besonders gut sieht er ja nun mal nicht aus. – Ist Vater nicht nach Haus gekommen?

Hedwig. Doch, Großvater sitzt in seinem Zimmer und schreibt.

Hjalmar. Hat er irgend etwas gesagt?

Gina. Nein, was sollte er denn sagen?

Hjalmar. Hat er nichts davon erwähnt, daß – ich meinte gehört zu haben, daß er bei Gråberg war. Ich will mal eben zu ihm hineingehen.

Gina. Nein, weißt du, laß das lieber –

Hjalmar. Warum? Hat er etwa gesagt, er möchte nicht, daß ich zu ihm hereinkomme?

Gina. Nein, er möchte nicht, daß irgend jemand heute abend in sein Zimmer kommt –

Hedwig *(macht Gina heimliche Zeichen).* Hm – hm!

Gina *(bemerkt es nicht).* Er hat sich aus der Küche heißes Wasser geholt –

Hjalmar. Ach so, sitzt er und –?

Gina. Ja, das tut er wohl.

Hjalmar. Ach Gott – mein armer, alter, weißhaariger Vater! Ja, ja, soll er sich nur ordentlich was zugute tun.

(Der alte Ekdal, im Schlafrock und mit brennender Tabakspfeife, kommt aus seinem Zimmer.)

Ekdal. Schon nach Haus gekommen? Dachte doch, ich hörte deine Stimme.

Hjalmar. Ja, ich bin eben gekommen.

Ekdal. Du hast mich wohl nicht gesehen, wie?

Hjalmar. Nein, aber ich hörte, du seist durchgekommen – und da wollte ich dich begleiten.

Ekdal. Hm, nett von dir, Hjalmar. – Was waren denn das für welche, die ganzen Leute da?

Hjalmar. Ach, alle möglichen. Kammerherr Flohr war da, und Kammerherr Balle, und Kammerherr Kaspersen, und Kammerherr – sowieso; ich weiß nicht –

Ekdal *(nickend)*. Hast du gehört, Gina? Er war mit lauter Kammerherren zusammen.

Gina. Ja, da in dem Haus ist es jetzt mächtig vornehm geworden.

Hedwig. Haben die Kammerherren gesungen, Vater? Oder haben sie etwas vorgetragen?

Hjalmar. Nein, die haben nur dummes Zeug geredet. Und dann wollten sie, daß ich ihnen etwas vortragen sollte, aber den Gefallen habe ich ihnen nicht getan.

Ekdal. Hast du ihnen den nicht getan, wie?

Gina. Das hättest du aber wirklich machen können.

Hjalmar. Nein, man soll nicht immer gleich springen, wenn irgendeiner pfeift. *(Hin und her gehend.)* Ich jedenfalls mache das nicht.

Ekdal. Nein, nein – der Hjalmar, der ist nicht so – hm.

Hjalmar. Ich weiß gar nicht, warum ausgerechnet ich für die Unterhaltung sorgen soll, wenn ich mal irgendwo eingeladen bin. Sollen sich doch die anderen anstrengen. Da gehen diese Burschen von einer Abfütterung zur andern und essen und trinken tagaus und tagein. Dann sollen sie doch, bitte sehr, auch mal etwas tun für all das Gute, das man ihnen vorsetzt.

Gina. Das hast du ihnen doch hoffentlich nicht gesagt?

Hjalmar *(leise und melodisch)*. Ho – ho – ho – die haben so allerlei zu hören bekommen.

Ekdal. Die Kammerherren persönlich?

Hjalmar. Ja, so ganz blieb das wohl nicht aus. *(Beiläufig.)* Später hatten wir dann einen kleinen Disput über Tokajer.

Ekdal. Hm – Tokajer? Du, das ist eine feine Sache.

Hjalmar *(stehenbleibend)*. Es kann eine feine Sache sein. Aber das will ich dir sagen, nicht alle Jahrgänge sind gleich gut; es kommt ganz darauf an, wieviel Sonne die Trauben bekommen haben.

Gina. Also, Ekdal, du weißt aber auch immer alles.

Ekdal. Und darüber ließen sie sich in einen Disput ein?

Hjalmar. Sie versuchten es; aber dann bekamen sie zur Antwort, daß es mit den Kammerherren genauso sei. Bei denen seien auch nicht alle Jahrgänge gleich gut – hieß es.

Gina. Nee, auf was du aber auch alles kommst!

Ekdal. Hehe! Und das bekamen sie aufs Brot geschmiert?
Hjalmar. Direkt ins Gesicht bekamen sie das gesagt.
Ekdal. Hörst du das, Gina – er hat es den Kammerherren direkt ins Gesicht gesagt.
Gina. Also sowas – direkt ins Gesicht!
Hjalmar. Ja, aber ich möchte nicht, daß darüber geredet wird. Solche Dinge erzählt man nicht weiter. Das Ganze ging ja auch in aller Freundschaft vor sich, das versteht sich wohl von selbst. Denn es waren ja lauter nette, freundliche Leute; warum hätte ich sie da kränken sollen – nein!
Ekdal. Aber direkt ins Gesicht –
Hedwig *(schmeichelnd)*. Wie lustig, dich im schwarzen Rock zu sehen. Du siehst gut aus im schwarzen Rock, Vater!
Hjalmar. Ja, nicht wahr? Und dieser hier hat auch wirklich einen tadellosen Sitz. Er paßt mir beinahe, als ob er für mich gemacht wäre – ein bißchen eng unter den Armen vielleicht. Hilf mir doch mal, Hedwig. *(Zieht den Bratenrock aus.)* Ich will lieber meine Joppe anziehen.
Gina. Hier ist sie. *(Bringt die Joppe und hilft ihm hinein).*
Hjalmar. So, ja! Und bitte denk daran, daß Molvik den Rock morgen früh gleich wiederbekommt.
Gina *(legt den Rock hin)*. Das wird schon erledigt.
Hjalmar *(reckt sich)*. Ah, darin fühlt man sich doch sozusagen gleich mehr zu Hause. Und so eine legere Hausjacke paßt auch besser zu meiner ganzen Erscheinung. Findest du nicht auch, Hedwig?
Hedwig. Doch, Vater.
Hjalmar. Wenn ich das Halstuch so binde, daß die beiden Enden lose herunterhängen – so, sieh mal! Wie?
Hedwig. Ja, das macht sich gut zu deinem Schnurrbart und deinem dichten, krausen Haar.
Hjalmar. Kraus kann man es eigentlich nicht nennen; ich würde eher sagen lockig.
Hedwig. Ja, denn es ist so sehr dicht gekräuselt.
Hjalmar. Eigentlich mehr gelockt.
Hedwig *(nach einer Weile, während sie ihn sacht an seiner Joppe zupft)*. Vater.
Hjalmar. Ja, was denn?

Hedwig. Ach, du weißt schon.
Hjalmar. Aber nein, ich weiß wirklich nicht.
Hedwig *(zwischen Lachen und Weinen)*. Doch, Vater – nun laß mich doch nicht noch länger warten!
Hjalmar. Ja, aber auf was denn eigentlich?
Hedwig *(ungeduldig an ihm zerrend)*. Ach, Vater – nun gib es mir doch endlich – du weißt schon, was du mir versprochen hast, was Gutes!
Hjalmar. Ach – stell dir vor, das habe ich doch ganz vergessen!
Hedwig. Nein, Vater, du tust ja nur so! Du bist richtig gräßlich! Sag doch – wo hast du es?
Hjalmar. Also, jetzt habe ich das doch wirklich ganz und gar vergessen. Aber wart mal, ich habe etwas anderes für dich, Hedwig. *(Geht dorthin, wo der schwarze Rock liegt, und sucht in den Taschen.)*
Hedwig *(hüpfend und in die Hände klatschend)*. O Mutter, Mutter!
Gina. Siehst du? Wenn du dich nur ein Weilchen geduldest, dann –
Hjalmar *(mit einem Stück Papier in der Hand)*. Da, hier ist es.
Hedwig. Das da? Aber das ist ja nur ein Stück Papier.
Hjalmar. Das ist die Speisekarte, weißt du, die ganze Speisekarte. Hier steht »Menu« – das heißt Speisekarte.
Hedwig. Hast du denn nichts anderes?
Hjalmar. Ich habe dir doch gesagt, das andere habe ich vergessen. Aber du darfst mir glauben, eine solche Schlemmerei ist ein kümmerliches Vergnügen. Setz dich jetzt da an den Tisch und lies die Speisekarte, und dann beschreibe ich dir nachher, wie die einzelnen Gerichte schmecken. *(Gibt ihr die Speisekarte.)* Hier, Hedwig, bitte.
Hedwig *(ihre Tränen herunterschluckend)*. Danke. *(Sie setzt sich an den Tisch, liest aber nicht; Gina macht ihr heimlich Zeichen, Hjalmar bemerkt es.)*
Hjalmar *(umhergehend)*. Es ist ja aber auch wirklich unglaublich, woran man als Ernährer der Familie alles zu denken hat; und vergißt man einmal auch nur die kleinste Kleinigkeit – gleich bekommt man saure Mienen zu sehen. Naja, auch daran gewöhnt man sich. *(Bleibt am*

Ofen neben dem Alten stehen.) Hast du heute abend schon mal da hineingesehen, Vater?

Ekdal. Ja, das kannst du dir wohl denken. Sie ist in den Korb gegangen.

Hjalmar. Ach, ist sie wirklich in den Korb gegangen? Sie gewöhnt sich also allmählich daran.

Ekdal. Ja, sicher; das hatte ich dir doch gleich gesagt. Aber, siehst du, da sind jetzt noch so ein paar Kleinigkeiten –

Hjalmar. Ich weiß, ein paar Verbesserungen.

Ekdal. Die aber unbedingt gemacht werden müssen.

Hjalmar. Ja, laß uns ein wenig über diese Verbesserungen reden, Vater. Komm, wir setzen uns dazu aufs Sofa.

Ekdal. Gerne, gerne! Hm – will mir aber erst meine Pfeife stopfen – und reinigen muß ich sie auch – hm. *(Geht in sein Zimmer.)*

Gina *(lächelnd zu Hjalmar)*. Hast du gehört – er muß seine Pfeife reinigen.

Hjalmar. Ach ja, Gina, ja – aber laß ihn doch – den armen, alten, schiffbrüchigen Mann. – Ja, diese Verbesserungen, das erledigen wir am besten gleich morgen.

Gina. Morgen wirst du dazu kaum Zeit haben, Ekdal.

Hedwig *(ihr ins Wort fallend)*. Aber doch, Mutter, sicher!

Gina. Vergiß nicht die Kopien, die retuschiert werden müssen; es ist schon so oft danach gefragt worden.

Hjalmar. So, so – geht es nun schon wieder um diese Kopien? Die werden schon noch fertig. Sind etwa auch neue Aufträge gekommen?

Gina. Nein, leider nicht. Morgen habe ich nur diese beiden Porträtaufnahmen, von denen ich dir schon erzählte.

Hjalmar. Und sonst nichts? Freilich, wenn man sich nicht bemüht –

Gina. Aber was soll ich denn noch tun? Ich annonciere doch schon in den Zeitungen, was ich nur kann, scheint mir.

Hjalmar. Ja, Annoncen, Annoncen – du siehst ja, was dabei herauskommt. Und jemand, der sich das Zimmer ansehen wollte, ist wohl auch noch nicht dagewesen?

Gina. Nein, noch nicht.

Hjalmar. Das war ja auch nicht anders zu erwarten. Wenn man sich nicht umtut – man muß sich eben wirklich anstrengen, Gina!

Hedwig *(sich ihm nähernd)*. Soll ich dir nicht deine Flöte bringen, Vater?

Hjalmar. Nein, keine Flöte; ich bedarf keiner Freuden hier auf dieser Welt. *(Hin und her gehend.)* O ja, ich werde morgen arbeiten, daran soll es nicht fehlen. Ich will und werde arbeiten, solange meine Kräfte reichen –

Gina. Aber, lieber guter Ekdal, so hatte ich das doch gar nicht gemeint.

Hedwig. Vater, soll ich nicht eine Flasche Bier hereinholen?

Hjalmar. Nein, nichts dergleichen. Für mich braucht es nichts. *(Bleibt stehen.)* Bier? – Sagtest du etwas von Bier?

Hedwig *(lebhaft)*. Ja, Vater – schönes, frisches Bier.

Hjalmar. Na ja – wenn du unbedingt willst, dann kannst du meinetwegen eine Flasche hereinholen.

Gina. Ja, tu das; und dann wollen wir es uns gemütlich machen.

(Hedwig läuft eilig zur Küche. Hjalmar, der beim Ofen steht, hält sie auf, blickt sie an, nimmt ihren Kopf in seine Hände und zieht sie an sich.)

Hjalmar. Hedwig! Hedwig!

Hedwig *(weinend vor Freude)*. Lieber, lieber Vater!

Hjalmar. Nein, nenne mich nicht so. Da habe ich gesessen und mich sattgegessen an des Reichen Tische – habe gesessen und geschwelgt an der vollbesetzten Tafel! Und dennoch war es möglich, daß ich –!

Gina *(die am Tisch sitzt)*. Ach, Ekdal, nu red doch nicht so.

Hjalmar. Doch, doch! Aber ihr dürft mir das nicht so genau nachrechnen. Ihr wißt doch, daß ich euch dennoch lieb habe.

Hedwig *(umarmt ihn)*. Und wir haben dich so schrecklich lieb, Vater!

Hjalmar. Und sollte ich auch einmal unbillig scheinen, dann – mein Gott – vergeßt nicht, daß ich ein Mann bin, auf den ein Heer von Sorgen einstürmt. Nun also! *(Trocknet sich die Augen.)* Nein, kein Bier in einer solchen Stunde. Gib mir meine Flöte.

(Hedwig läuft zum Regal und holt sie.)

Hjalmar. Hab Dank! Ja, so – die Flöte in der Hand, und euch beide um mich – oh!

(Hedwig setzt sich an den Tisch zu Gina. Hjalmar geht hin und her im Raum, setzt kräftig ein und spielt einen böhmischen Volkstanz, aber in langsamem, elegischem Tempo und mit gefühlvollem Vortrag.)

Hjalmar *(bricht das Spiel ab, reicht Gina die linke Hand und sagt mit bewegter Stimme).* Ja, mag es auch eng und ärmlich sein unter unserem Dach, Gina – es ist doch unser Heim, unser Zuhause. Und das sage ich: hier ist gut sein. *(Er beginnt wieder zu spielen; kurz darauf klopft es an der Tür zum Flur.)*

Gina *(steht auf).* Still, Ekdal – ich glaube, da kommt jemand.

Hjalmar *(legt die Flöte zurück in das Regal).* Schon wieder! *(Gina geht an die Tür und öffnet.)*

Gregers *(draußen im Flur).* Verzeihung –

Gina *(weicht ein wenig zurück).* Oh!

Gregers. – wohnt hier nicht der Fotograf Ekdal?

Gina. Ja, der wohnt hier.

Hjalmar *(geht zur Tür).* Gregers! Bist du doch gekommen? Nun, dann komm herein.

Gregers *(kommt herein).* Ich hatte dir doch gesagt, daß ich zu dir kommen wollte.

Hjalmar. Aber heute abend? Hast du die Gesellschaft verlassen?

Gregers. Nicht nur die Gesellschaft; auch das Haus meines Vaters. – Guten Abend, Frau Ekdal. Ich weiß nicht, ob Sie mich wiedererkennen?

Gina. Oh, doch; es ist wohl nicht so schwer, den jungen Herrn Werle wiederzuerkennen?

Gregers. Nein, denn ich sehe ja meiner Mutter ähnlich; und an die werden Sie sich sicher noch erinnern.

Hjalmar. Du bist fortgegangen aus dem Haus, sagtest du?

Gregers. Ja, ich bin in ein Hotel gezogen.

Hjalmar. Ach so. Nun, nachdem du einmal da bist, so leg doch bitte ab und nimm Platz.

Gregers. Danke. *(Zieht den Mantel aus. Er hat sich*

inzwischen umgezogen und trägt jetzt einen einfachen grauen Anzug von ländlichem Zuschnitt.)

Hjalmar. Hier, auf dem Sofa. Mach es dir bequem.

(Gregers nimmt Platz auf dem Sofa, Hjalmar auf einem Stuhl am Tisch.)

Gregers *(sich umsehend).* Und das hier ist also deine Behausung, Hjalmar. Hier wohnst du also.

Hjalmar. Dieser Raum ist das Atelier, wie du wohl siehst –

Gina. Aber hier ist mehr Platz, und deshalb halten wir uns meist hier auf.

Hjalmar. Früher wohnten wir besser, doch diese Wohnung hat einen großen Vorteil: hier sind so prächtige Nebenräume –

Gina. Und dann haben wir hier auch noch ein Zimmer auf der anderen Seite des Flures, das wir vermieten können.

Gregers *(zu Hjalmar).* So, so – Untermieter hast du auch?

Hjalmar. Nein, noch nicht. Das geht nicht so schnell, weißt du; man muß sich umtun. *(Zu Hedwig.)* Sag mal, wolltest du nicht Bier holen?

Hedwig *(nickt und geht hinaus in die Küche).*

Gregers. Und das ist also deine Tochter?

Hjalmar. Ja, das ist Hedwig.

Gregers. Und sie ist wohl das einzige Kind?

Hjalmar. Ja, unser einziges. Sie ist unsere größte Freude auf dieser Welt, und – *(senkt seine Stimme)* sie ist auch unsere schwerste Sorge, Gregers.

Gregers. Was sagst du da?

Hjalmar. Ja, Gregers; denn es besteht die drohende Gefahr, daß sie das Augenlicht verliert.

Gregers. Daß sie blind wird?

Hjalmar. Ja. Bisher machen sich nur die ersten Anzeichen bemerkbar, und es kann auch noch eine Weile gutgehen. Doch der Arzt hat uns gewarnt: eines Tages kommt es, unerbittlich.

Gregers. Das ist ja ein schreckliches Unglück. Wie hat sie das denn bekommen?

Hjalmar *(seufzend).* Wahrscheinlich erblich.

Gregers *(stutzt)*. Erblich?

Gina. Ekdals Mutter hatte auch so schlechte Augen.

Hjalmar. Ja, so sagt Vater; ich habe ja keine Erinnerung an sie.

Gregers. Das arme Kind. Und wie trägt sie es?

Hjalmar. Du verstehst wohl, daß wir es nicht übers Herz bringen, es ihr zu sagen. Sie ahnt nichts von der Gefahr. Froh und sorglos und zwitschernd wie ein kleiner Vogel flattert sie dahin in die ewige Nacht. *(Von seiner Rührung überwältigt.)* Oh, Gregers, das ist so schwer für mich, so zermalmend!

(Hedwig kommt herein mit einem Tablett und stellt Bier und Gläser auf den Tisch.)

Hjalmar *(streicht ihr über das Haar)*. Danke, Hedwig, danke.

Hedwig *(legt den Arm um seinen Hals und flüstert ihm etwas ins Ohr)*.

Hjalmar. Nein. Kein Butterbrot jetzt. *(Starrt vor sich hin.)* Aber vielleicht möchte Gregers etwas.

Gregers *(abwehrend)*. Nein, nein danke.

Hjalmar *(noch immer mit wehmütiger Stimme)*. Nun, du kannst ja dennoch ein wenig Brot hereinbringen. Und solltest du einen Kanten finden, das wäre gut. Und tu auch reichlich Butter darauf, hörst du.

Hedwig *(nickt vergnügt und geht wieder hinaus in die Küche)*.

Gregers *(der ihr mit den Augen gefolgt ist)*. Sie wirkt aber sonst ganz gesund und munter, scheint mir.

Gina. Ja, ihr fehlt auch, gottseidank, sonst gar nichts.

Gregers. Sie wird Ihnen sicher mit der Zeit sehr ähnlich werden, Frau Ekdal. Wie alt ist sie jetzt eigentlich?

Gina. Hedwig ist bald genau vierzehn Jahre; übermorgen hat sie Geburtstag.

Gregers. Da ist sie für ihr Alter ziemlich groß.

Gina. Ja, im letzten Jahr ist sie mächtig in die Länge geschossen.

Gregers. Wenn man andere heranwachsen sieht, wird einem besonders deutlich, daß man selbst älter wird. – Wie lange sind Sie jetzt eigentlich schon verheiratet?

Gina. Wir sind jetzt – ja, bald fünfzehn Jahre verheiratet.

Gregers. Ach, was Sie nicht sagen – so lange schon?

Gina *(die aufmerksam geworden ist, sieht ihn an).* Allerdings, so lange ist es nu tatsächlich schon.

Hjalmar. Ja, wirklich. In ein paar Monaten sind es fünfzehn Jahre. *(Das Thema wechselnd.)* Die Jahre müssen dir doch lang geworden sein, Gregers, da oben in Höydal.

Gregers. Sie waren lang, während ich sie durchlebte; wenn ich jetzt daran zurückdenke, weiß ich kaum noch, wo die Zeit geblieben ist.

(Der alte Ekdal kommt aus seinem Zimmer heraus, ohne Pfeife, seine alte Offiziersmütze auf dem Kopf; sein Gang ist etwas unsicher.)

Ekdal. Also, Hjalmar, jetzt können wir mal ein bißchen über diese Sachen da reden – hm. Was war es eigentlich noch?

Hjalmar *(geht auf ihn zu).* Vater, hier ist jemand – Gregers Werle. Ich weiß nicht, ob du dich noch an ihn erinnerst.

Ekdal *(sieht zu Gregers hin, der sich erhoben hat).* Werle? Der Sohn? Was will er von mir?

Hjalmar. Gar nichts; er wollte mich besuchen.

Ekdal. So, dann ist also nichts im Busch?

Hjalmar. Nein, Vater, bestimmt nicht.

Ekdal *(fuchtelt mit den Armen).* Nicht, daß ich Angst hätte, weißt du; ich habe keine Angst, aber –

Gregers *(geht hin zu ihm).* Ich wollte Sie nur grüßen von Ihrem alten Jagdrevier, Hauptmann Ekdal.

Ekdal. Von meinem Jagdrevier?

Gregers. Ja, da oben im Höydal, rings um das Werk.

Ekdal. Ach, da oben. Ja, dort habe ich mich früher gut ausgekannt.

Gregers. Damals waren Sie ein großer Jäger vor dem Herrn.

Ekdal. War ich, jawohl. Kann schon sein. Sie sehen auf meine Mütze. Ich frage keinen danach, ob ich sie hier im Haus tragen darf. Wenn ich nur nicht damit auf die Straße gehe, dann –

(Hedwig kommt herein mit einem Teller mit Broten, den sie auf den Tisch stellt.)

Hjalmar. Setz dich doch, Vater, und trink ein Glas Bier mit uns. Bitte, Gregers.

(Ekdal geht brummend und schwankend zum Sofa. Gregers nimmt auf dem Stuhl neben ihm Platz, Hjalmar an der anderen Seite von Gregers. Gina sitzt ein Stück vom Tisch entfernt und näht, Hedwig steht bei ihrem Vater.)

Gregers. Erinnern Sie sich noch daran, Hauptmann Ekdal, wie Hjalmar und ich Sie oben in Höydal besuchten, im Sommer und in der Weihnachtszeit?

Ekdal. So? Nein, nein, nein, das weiß ich nicht mehr. Darf aber wohl sagen, daß ich ein gewaltiger Jäger war. Bären habe ich auch geschossen. Ganze neun Stück habe ich erlegt.

Gregers *(sieht ihn teilnahmsvoll an)*. Und jetzt können Sie überhaupt nicht mehr auf die Jagd gehen.

Ekdal. Oh, will ich nicht sagen, mein Bester. Gehe doch wohl gelegentlich noch auf die Jagd. Freilich, so wie früher natürlich nicht. Denn der Wald, sehen Sie – der Wald, der Wald – *(Trinkt.)* Steht der Wald jetzt gut da oben?

Gregers. Nicht so gut wie damals zu Ihrer Zeit. Er ist mächtig abgeholzt.

Ekdal. Abgeholzt? *(Leiser und als fürchte er sich.)* Das ist eine gefährliche Sache. Das hat Folgen. Der Wald rächt sich.

Hjalmar *(schenkt ihm ein)*. Trink doch noch einen Schluck.

Gregers. Wie halten Sie es eigentlich aus – ein Mann wie Sie, der so verwachsen war mit der freien Natur – hier mitten in einer engen, dumpfen Stadt zu leben, eingesperrt zwischen vier Wänden?

Ekdal *(lacht in sich hinein und wirft Hjalmar einen Blick zu)*. Oh, hier ist es so übel nicht. Durchaus nicht so übel.

Gregers. Aber all das, was sonst Ihr Element war? Der kühle, frische Wind, das freie Leben in Wald und Flur, bei Hasen und Hühnern?

Ekdal *(lächelt)*. Hjalmar, sollen wir es ihm zeigen?

Hjalmar *(rasch und ein wenig verlegen)*. Aber nein, Vater – nicht heute abend.

Gregers. Was wollte dein Vater mir denn zeigen?

Hjalmar. Ach, das ist nur so ein – gar nichts weiter Besonderes; du kannst es dir ein andermal ansehen.

Gregers *(sich wieder an den Alten wendend)*. Ja, Hauptmann Ekdal, ich wollte Sie eigentlich fragen, ob Sie nicht Lust hätten, jetzt mit mir hinauf nach Höydal zu kommen, denn ich reise höchstwahrscheinlich sehr bald wieder ab. Ein wenig Schreibarbeit gibt es dort oben für Sie auch. Und hier haben Sie doch überhaupt nichts, woran Sie sich erfreuen könnten und was Sie ein wenig aufmuntert.

Ekdal *(starrt ihn erstaunt an)*. Ich sollte hier überhaupt nichts haben, was –!

Gregers. Gewiß, Sie haben Hjalmar; aber der hat ja nun seine eigene Familie. Und ein Mann wie Sie, der sich immer so zu allem hingezogen gefühlt hat, was frei ist und wild –

Ekdal *(schlägt mit der Hand auf den Tisch)*. Hjalmar, jetzt soll er es sehen!

Hjalmar. Aber Vater, das hat doch jetzt keinen Sinn. Es ist ja dunkel –

Ekdal. Unsinn, der Mond leuchtet ja. *(Steht auf.)* Er soll es jetzt sehen, sage ich. Lassen Sie mich mal durch. Komm und hilf mir, Hjalmar!

Hedwig. O ja, Vater, tu es!

Hjalmar *(steht auf)*. Also schön, schon gut.

Gregers *(zu Gina)*. Worum handelt es sich eigentlich?

Gina. Ach, denken Sie man bloß nicht, das wäre weiter was Besonderes.

(Ekdal und Hjalmar sind an die Wand hinten gegangen und schieben jeder eine Hälfte der Schiebetür beiseite. Hedwig hilft dem Alten dabei. Gregers bleibt beim Sofa stehen. Gina sitzt unverändert und näht. Durch die geöffnete Tür sieht man in einen großen, langgestreckten, unregelmäßigen Bodenraum mit Ecken und Winkeln und freistehenden Schornsteinen. Einzelne Teile des großen Raumes sind hell beleuchtet vom Mondlicht, das durch die Dachluken hereinfällt, während andere Teile in tiefem Schatten liegen.)

Ekdal *(zu Gregers)*. Kommen Sie ruhig näher ran, Sie da.

Gregers *(geht zu ihnen hin)*. Was ist das denn eigentlich?

Ekdal. Sie können ja mal nachsehen – hm.

Hjalmar *(etwas verlegen)*. Das hier ist sozusagen Vaters Bereich.

Gregers *(an der Schiebetür, sieht hinein in den Bodenraum)*. Sie halten hier ja Hühner, Hauptmann Ekdal.

Ekdal. Sollte ich meinen, daß wir Hühner halten. Sitzen jetzt oben auf ihrer Stange. Aber Sie sollten diese Hühner mal bei Tageslicht sehen, mein Bester!

Hedwig. Und dann ist da –

Ekdal. Pst – pst! Noch nichts sagen!

Gregers. Und Tauben haben Sie auch, wie ich sehe.

Ekdal. O ja – könnte schon sein, daß wir Tauben haben! Ihre Nistkästen haben sie da oben unter dem Dach; denn die Tauben, wissen Sie, die nisten ja am liebsten hoch oben.

Hjalmar. Das sind auch keine gewöhnlichen Tauben.

Ekdal. Gewöhnliche Tauben! Nein, das versteht sich wohl, daß das keine gewöhnlichen Tauben sind! Wir haben Tümmler, und ein paar Kropftauben haben wir auch. Aber jetzt kommen Sie mal hierher! Sehen Sie den Holzverschlag hinten an der Wand?

Gregers. Ja. Und wofür ist der da?

Ekdal. Da schlafen nachts die Kaninchen drin, bester Herr.

Gregers. Na sowas – Kaninchen haben Sie auch?

Ekdal. Ja, zum Teufel, das können Sie sich wohl denken, daß wir Kaninchen haben! Hast du gehört, Hjalmar – er fragt, ob wir Kaninchen haben – hm! Aber das Richtige, das kommt erst noch! Passen Sie mal auf – jetzt kommt es! Mach Platz, Hedwig. Und Sie, stellen Sie sich mal hierher; ja, so; und jetzt sehen Sie mal da unten hin. – Sehen Sie dort nicht einen Korb mit Stroh?

Gregers. Ja. Und in dem Stroh sitzt, wie ich sehe, ein Vogel.

Ekdal. Hm – ein »Vogel« –

Gregers. Ist es nicht eine Ente?

Ekdal. Sieht ja wohl ein Blinder, daß das eine Ente ist.

Hjalmar. Aber was meinst du, was für eine Art Ente das ist?

Hedwig. Das ist nämlich keine gewöhnliche Ente –

Ekdal. Pst!

G r e g e r s. Und eine türkische Ente ist es auch nicht.

E k d a l. Nein, Herr – Werle; das ist allerdings keine türkische Ente; denn das ist eine Wildente.

G r e g e r s. Ach, wirklich? Eine wilde Ente?

E k d a l. Jawohl, so ist es. Dieser »Vogel«, wie Sie sagten – das ist die Wildente. Das ist unsere Wildente, mein bester Herr.

H e d w i g. Meine Wildente. Denn mir gehört sie.

G r e g e r s. Und die können Sie hier oben auf dem Boden halten? Sie geht nicht ein, sie fühlt sich hier wohl?

E k d a l. Sie können sich ja wohl denken, daß sie einen Bottich mit Wasser hat, worin sie plantschen kann.

H j a l m a r. Und jeden zweiten Tag bekommt sie frisches Wasser.

G i n a *(sich umwendend zu Hjalmar)*. Ach, lieber Ekdal, hier wird es jetzt aber so eisig kalt.

E k d a l. Hm, wollen die Tür mal wieder zumachen. Ist auch besser, wir stören ihre Nachtruhe nicht. Faß an, Hedwig.

(Hjalmar und Hedwig schieben die Schiebetür wieder zusammen.)

E k d a l. Sie können sie sich ein andermal richtig ansehen. *(Setzt sich in den Lehnstuhl beim Ofen.)* Ja, diese Wildenten, das sind sehr merkwürdige Tiere, können Sie mir glauben.

G r e g e r s. Wie haben Sie diese da denn gefangen, Hauptmann Ekdal?

E k d a l. Habe sie gar nicht gefangen. Gibt hier in der Stadt einen gewissen Mann – dem verdanken wir sie.

G r e g e r s *(stutzt)*. Sollte dieser Mann etwa gar mein Vater sein?

E k d a l. Ja, freilich. Akkurat ihr Herr Vater. Hm.

H j a l m a r. Das ist ja sonderbar, Gregers – wie bist du denn darauf gekommen?

G r e g e r s. Du hattest mir doch erzählt, daß du meinem Vater so vielerlei verdanktest; und da dachte ich –

G i n a. Die Ente haben wir aber doch nicht vom Herrn Konsul selber bekommen –

E k d a l. Und trotzdem ist es Håkon Werle, dem wir sie verdanken, Gina. *(Zu Gregers.)* Er war mit dem Boot draußen, wissen Sie; und da hat er auf sie geschossen. Aber er sieht ja jetzt so schlecht, Ihr Herr Vater. Hm – und da hat er sie nur angeschossen.

Gregers. Ich verstehe – sie bekam nur so ein paar Schrotkörner in den Balg.

Hjalmar. Ja, so zwei oder drei.

Hedwig. Sie wurde am Flügel getroffen, und da konnte sie nicht mehr fliegen.

Gregers. Ach – und da ist sie dann wohl getaucht, hinunter bis zum Grund, nicht wahr?

Ekdal *(schläfrig, mit schwerer Zunge)*. Versteht sich. Machen sie immer so, die Wildenten. Gehen hinunter auf den Grund – so tief wie irgend möglich, bester Herr – beißen sich fest im Tang und in den Algen – und in all dem Teufelszeug, was dort unten wächst. Und dann kommen sie nie wieder nach oben.

Gregers. Aber Ihre Wildente, Hauptmann Ekdal, die ist ja doch wieder nach oben gekommen.

Ekdal. Hm – er hatte einen so unglaublich tüchtigen Hund bei sich, Ihr Herr Vater – und dieser Hund – der ist nach ihr getaucht und hat sie wieder nach oben geholt.

Gregers *(zu Hjalmar)*. Und dann kam sie hier zu euch?

Hjalmar. Nicht gleich; erst war sie zu Haus bei deinem Vater. Aber dort wollte sie nicht gedeihen, und da bekam Pettersen eines Tages den Auftrag, ihr den Garaus zu machen –

Ekdal *(halb im Schlaf)*. Hm – ja, Pettersen – der alte Schafskopf –

Hjalmar *(spricht leiser)*. Und so bekamen wir sie dann, siehst du – denn Vater kennt Pettersen so ein bißchen, und als Pettersen ihm das mit der Wildente erzählte, da hat er ihn überredet, sie ihm zu überlassen.

Gregers. Und da auf dem Boden fühlt sie sich nun so richtig wohl?

Hjalmar. Ja, es ist ganz unglaublich, wie wohl sie sich da fühlt. Sie ist ordentlich fett geworden. Na ja, sie ist jetzt ja auch schon so lange da drin, daß sie das eigentliche Leben in der freien Wildbahn ganz vergessen hat; und darauf kommt es ja einzig und allein an.

Gregers. Da hast du sicherlich recht, Hjalmar. Wenn sie

nur niemals den Himmel und das Meer zu sehen bekommt. – Aber ich möchte jetzt nicht länger stören; ich glaube, dein Vater schläft schon.

Hjalmar. Oh, das soll kein Grund sein –

Gregers. Ach, richtig – sagtest du nicht, du hättest ein Zimmer zu vermieten – ein leerstehendes Zimmer?

Hjalmar. Ja, das stimmt; warum? Weißt du vielleicht jemanden –?

Gregers. Kann ich das Zimmer haben?

Hjalmar. Du?

Gina. Aber nein, Herr Werle, Sie –

Gregers. Kann ich es haben? Dann würde ich gleich morgen früh einziehen.

Hjalmar. Ja, mit dem größten Vergnügen –

Gina. Aber nein, Herr Werle, das ist wirklich kein Zimmer für Sie.

Hjalmar. Hör mal, Gina, wie kannst du das denn sagen?

Gina. Doch, ja – denn das Zimmer, das ist weder groß noch hell genug –

Gregers. Darauf kommt es nicht so genau an, Frau Ekdal.

Hjalmar. Ich finde eigentlich, das Zimmer ist recht hübsch; und es ist auch gar nicht schlecht möbliert.

Gina. Aber denk doch an die zwei, die drunter wohnen.

Gregers. Was sind das denn für zwei?

Gina. Ach, der eine, der ist Hauslehrer gewesen –

Hjalmar. Es ist ein Kandidat der Theologie, Kandidat Molvik.

Gina. – und der andere ist ein Arzt, der Relling heißt.

Gregers. Relling? Den kenne ich flüchtig; er hat eine Zeitlang oben in Höydal praktiziert.

Gina. Das sind so ein paar richtige Bummelanten. Abend für Abend sind sie unterwegs, und wenn sie spät in der Nacht nach Hause kommen, dann sind sie nicht immer so ganz –

Gregers. An so etwas gewöhnt man sich bald. Ich hoffe, das wird bei mir genauso sein wie bei der Wildente.

Gina. Ich finde, das sollten Sie sich doch lieber erst nochmal beschlafen.

Gregers. Sie wollen mich offenbar nicht gern hier im Haus haben, Frau Ekdal.

Gina. Aber nein – wie können Sie denn sowas bloß denken?

Hjalmar. Du bist aber auch wirklich sonderbar, Gina. *(Zu Gregers.)* Sag mal – du gedenkst also, für die nächste Zeit hier in der Stadt zu bleiben?

Gregers *(zieht seinen Mantel an).* Ja, jetzt gedenke ich hierzubleiben.

Hjalmar. Aber nicht im Haus deines Vaters? Und was sind deine weiteren Pläne?

Gregers. Ja, wenn ich das nur wüßte, lieber Hjalmar – dann wäre mir schon sehr viel wohler. Aber wenn man damit geschlagen ist, Gregers zu heißen – »Gregers« – und dann auch noch »Werle« hinterher! Kann man sich einen scheußlicheren Namen überhaupt denken?

Hjalmar. Also, das kann ich aber wirklich nicht finden.

Gregers. Puh! Brr! Ich hätte Lust, dem Kerl ins Gesicht zu spucken, der so heißt. Doch wenn man nun schon einmal dazu verdammt ist, hier auf dieser Welt Gregers Werle zu sein, so wie ich es bin –

Hjalmar *(lacht).* Haha – und was würdest du denn sein wollen, wenn du nicht Gregers Werle wärst?

Gregers. Wenn ich die Wahl hätte, so möchte ich am liebsten ein tüchtiger Hund sein.

Gina. Ein Hund?

Hedwig *(unwillkürlich).* Aber nein!

Gregers. Ja, ein ganz besonders tüchtiger Hund – so einer, der nach Wildenten taucht, wenn sie hinuntergehen auf den Grund und sich da unten festbeißen in Tang und Algen.

Hjalmar. Also weißt du, Gregers, was du da sagst, davon verstehe ich kein Wort.

Gregers. Na ja, vielleicht hat es auch gar keinen besonderen Sinn. Jedenfalls, morgen früh – da ziehe ich hier ein. *(Zu Gina.)* Sie sollen keinerlei Schererei mit mir haben; ich mache alles allein. *(Zu Hjalmar.)* Alles weitere besprechen wir morgen. – Gute Nacht, Frau Ekdal. *(Nickt Hedwig zu).* Gute Nacht.

Gina. Gute Nacht, Herr Werle.

Hedwig. Gute Nacht.

Hjalmar *(der eine Kerze angebrannt hat).* Wart einen Augenblick, ich muß dir leuchten; es ist sicher dunkel auf der Treppe.

(Gregers und Hjalmar gehen durch die Tür zum Flur hinaus.)

Gina *(sieht vor sich hin, das Nähzeug im Schoß).* Was das bloß heißen soll, was er da gesagt hat – daß er gerne ein Hund sein möchte?

Hedwig. Ich will dir was sagen, Mutter – ich glaube, daß er damit ganz was anderes gemeint hat.

Gina. So? Aber was denn bloß?

Hedwig. Das weiß ich auch nicht; aber es war, als meinte er ganz was anderes, als was er sagte – die ganze Zeit.

Gina. Meinst du? Ja, sonderbar hörte es sich jedenfalls an.

Hjalmar *(kommt zurück).* Die Lampe brannte noch. *(Bläst die Kerze aus und stellt sie hin.)* Ah, endlich kann man doch mal einen Bissen zu sich nehmen. *(Fängt an, von dem Butterbrot zu essen.)* Na, siehst du, Gina – wenn man sich nur ein wenig umtut –

Gina. Wieso sich umtut?

Hjalmar. Ja, denn es trifft sich doch jedenfalls sehr günstig, daß wir endlich einen Mieter für das Zimmer gefunden haben. Und noch dazu einen Menschen wie Gregers – einen guten alten Freund.

Gina. Ich weiß nicht recht, was ich dazu sagen soll.

Hedwig. O Mutter, du wirst sehen, das wird so lustig!

Hjalmar. Du bist aber auch wirklich sonderbar. Bisher warst du immer so versessen darauf, das Zimmer zu vermieten – und jetzt paßt es dir nicht.

Gina. Ja, ja, Ekdal; wenn es irgendein anderer Mieter gewesen wäre, dann – Aber was glaubst du wohl, was der Konsul dazu sagen wird?

Hjalmar. Der alte Werle? Was geht den das denn an?

Gina. Na, du kannst dir doch denken, daß es zwischen den beiden wieder irgendeinen Krach gegeben hat, wo der Sohn aus dem Haus gegangen ist. Du weißt doch, wie die beiden miteinander stehen.

Hjalmar. Das mag ja alles sein –

Gina. Und vielleicht denkt jetzt der Konsul, daß du dahintergesteckt hast –

Hjalmar. Bitte, dann soll er es doch denken! Konsul Werle hat viel für mich getan, sehr viel; ich bin der Letzte, der das nicht anerkennen würde. Aber deshalb kann ich mich doch nicht auf ewige Zeiten ihm verpflichtet fühlen.

Gina. Es könnte aber so kommen, mein guter Ekdal, daß Großvater es auszubaden hat. Vielleicht verliert er nu auch noch das kleine bißchen Verdienst, was er bei Gråberg hat.

Hjalmar. Ich hätte fast gesagt: wenn es doch so wäre! Denn ist es nicht beschämend für einen Mann wie mich, seinen grauhaarigen Vater wie ein Aschenbrödel herumgehen zu sehen? Doch die Zeit ist bald reif, denke ich. *(Nimmt ein neues Stück Butterbrot.)* Da ich nun einmal eine Aufgabe in diesem Leben habe, so will ich sie auch ausführen!

Hedwig. O ja, Vater! Tu das!

Gina. Leise – weck ihn bloß nicht auf!

Hjalmar *(mit leiserer Stimme).* Ich werde diese Aufgabe ausführen, sage ich. Der Tag wird schon noch kommen, an dem – Und deshalb ist es gut, daß wir das Zimmer vermieten konnten; denn dadurch bin ich unabhängiger. Und das muß ein Mann sein, der eine Aufgabe im Leben hat. *(Zum Lehnstuhl gehend, mit bewegter Stimme.)* Armer alter weißhaariger Vater – vertraue du nur auf deinen Hjalmar – der hat breite Schultern – oder jedenfalls starke Schultern. Eines guten Tages wirst du erwachen, und – *(Zu Gina.)* Oder glaubst du das vielleicht nicht?

Gina *(steht auf).* Doch, sicher glaub ich das. Aber jetzt wollen wir erst mal sehen, daß wir ihn ins Bett kriegen.

Hjalmar. Ja, das wollen wir.

(Sie heben den Alten vorsichtig hoch, um ihn in sein Zimmer zu tragen.)

DRITTER AKT

Hjalmar Ekdals Atelier, am Morgen. Durch das große, schräge Fenster fällt das Tageslicht; der Vorhang ist beiseite gezogen.

Hjalmar, am Tisch sitzend, ist damit beschäftigt, eine Fotografie zu retuschieren; vor ihm auf dem Tisch liegen mehrere andere Bilder. Nach kurzer Zeit kommt Gina, in Hut und Mantel, draußen vom Flur herein; am Arm trägt sie einen Marktkorb mit Deckel.

Hjalmar. Bist du schon wieder da, Gina?

Gina. Ja, ein bißchen sputen muß man sich schon. *(Stellt den Korb auf einen Stuhl und legt ab.)*

Hjalmar. Hast du mal bei Gregers reingesehen?

Gina. O ja, das habe ich. Wirklich hübsch sieht es da aus; er hat es sich gleich bei seinem Einzug so richtig schön in seinem Zimmer gemacht.

Hjalmar. Ach, wirklich?

Gina. Ja, weißt du, er hatte doch gesagt, daß er alles selber machen wollte. Na, und nu wollte er ja auch den Ofen bei sich heizen, und da hat er doch die Ofenklappe zugeschoben, daß das ganze Zimmer voll Rauch war. Puh, ein Gestank war da, daß man –

Hjalmar. Aber nein!

Gina. Es kommt noch besser – denn nu wollte er das Feuer ausmachen, und da hat er das Waschwasser in den Ofen geschüttet, und jetzt schwimmt der ganze Kohlendreck auf dem Fußboden rum.

Hjalmar. Wie ärgerlich.

Gina. Ich hab der Portiersfrau Bescheid gesagt, daß sie raufkommt und den Dreck aufscheuert, den das Ferkel gemacht hat; aber aufhalten kann man sich da drin vor heute nachmittag nicht.

Hjalmar. Wo bleibt er denn nun inzwischen?

Gina. Er sagte, er wollte ein bißchen ausgehen.

Hjalmar. Ich war auch auf einen Augenblick bei ihm drin – nachdem du fort warst.

Gina. Das hörte ich. Du hast ihn ja zu uns zum Frühstück eingeladen.

Hjalmar. Nur so zu einem ganz kleinen zweiten Frühstück, verstehst du. Er ist ja heute den ersten Tag bei uns – da können wir eigentlich nicht gut umhin. Irgend etwas wirst du doch wohl im Haus haben.

Gina. Ich muß sehen, daß ich bißchen was finde.

Hjalmar. Aber sieh zu, daß es nicht zu knapp wird. Ich glaube nämlich, Relling und Molvik kommen auch. Ich traf Relling eben auf der Treppe, weißt du, und da mußte ich schließlich –

Gina. Ach, die beiden auch noch?

Hjalmar. Mein Gott – zwei mehr oder weniger, das macht doch keinen so großen Unterschied.

(Der alte Ekdal öffnet die Tür seines Zimmers und sieht herein.)

Ekdal. Du, Hjalmar, hör mal – *(Bemerkt Gina.)* Ach so.

Gina. Möchte Großvater irgendwas haben?

Ekdal. Nein, nein; nicht so wichtig – hm! *(Geht wieder in sein Zimmer.)*

Gina *(nimmt den Korb)*. Paß bloß gut auf ihn auf, daß er nicht wieder fortläuft.

Hjalmar. Ja, ja, mach ich schon. – Hör mal, Gina – ein wenig Heringssalat wäre sicher nicht schlecht; denn Relling und Molvik sind heute nacht wieder unterwegs gewesen –

Gina. Wenn sie man bloß nicht allzubald hier angerückt kommen, dann werde ich schon –

Hjalmar. Nein, bestimmt nicht; laß dir nur Zeit.

Gina. Na schön; und dann kannst du ja inzwischen auch noch ein bißchen arbeiten.

Hjalmar. Aber ich bin ja dabei! Ich arbeite ja, was ich nur kann!

Gina. Denn dann hast du das doch hinter dir, weißt du. *(Sie geht mit dem Korb in die Küche.)*

Hjalmar *(sitzt am Tisch und pinselt eine Weile an der Fotografie, langsam und unlustig)*.

Ekdal *(steckt den Kopf durch die Tür seines Zimmers, sieht sich im Atelier um und sagt mit gedämpfter Stimme)*. Sag mal – bist du sehr beschäftigt?

Hjalmar. Ja, ich quäle mich hier ja ab mit diesen Bildern –

Ekdal. Ja ja, Gott behüte – wenn du so in der Arbeit steckst, dann – hm! *(Geht wieder in sein Zimmer, läßt die Tür aber offen.)*

Hjalmar *(pinselt ein Weilchen schweigend weiter; dann legt er den Pinsel aus der Hand und geht an die offene Tür).* Bist *du* sehr beschäftigt, Vater?

Ekdal *(von drinnen, brummend).* Wenn du keine Zeit hast, dann habe ich auch keine Zeit – hm!

Hjalmar. Ja ja, schon gut. *(Begibt sich wieder an seine Arbeit.)*

Ekdal *(erscheint ein Weilchen später erneut in der Tür).* Hm – also weißt du, Hjalmar, so furchtbar eilt es mit meiner Arbeit nun auch wieder nicht.

Hjalmar. Ich dachte, du wärst grad bei deiner Schreibarbeit gewesen.

Ekdal. Ja, zum Henker, kann dieser Gråberg nicht auch mal einen Tag warten oder zwei? Es brennt ja nicht, sollte ich meinen.

Hjalmar. Nein, und du bist schließlich auch kein Arbeitssklave.

Ekdal. Und da war eben noch diese Sache da drin –

Hjalmar. Ja, freilich. Wolltest du vielleicht hinein? Soll ich dir aufmachen?

Ekdal. Wäre vielleicht wirklich gar nicht so abwegig.

Hjalmar *(steht auf).* Denn dann hätten wir das doch wenigstens hinter uns.

Ekdal. Akkurat, jawohl. Soll doch alles fertig sein für morgen früh. Denn morgen ist es doch – hm?

Hjalmar. Ja, morgen.

(Hjalmar und Ekdal schieben jeder eine Hälfte der Schiebetür beiseite. Drinnen auf dem Boden scheint die Morgensonne durch die Dachluken; einige Tauben fliegen umher, andere trippeln gurrend auf den Gestellen; von hinten hört man ab und zu das Gegacker der Hühner.)

Hjalmar. Ja, Vater, dann fang schon mal an.

Ekdal *(geht durch die Tür herein).* Kommst du nicht mit?

Hjalmar. Weißt du was – eigentlich – *(Sieht Gina, die in der Küchentür erscheint.)* Ich? Nein, ich habe keine

Zeit, ich muß arbeiten. – Richtig, den Mechanismus muß ich noch betätigen – *(Er zieht an einer Schnur; innen hinter der Tür gleitet ein Vorhang herunter, der unten aus einem Streifen alten Segeltuches besteht und nach oben zu aus einem Stück Netz. Man sieht jetzt also nur noch den oberen Teil des Bodenraumes.)*

Hjalmar *(geht zum Tisch).* So – jetzt werde ich hoffentlich eine Weile Ruhe haben.

Gina. Muß er sich nu schon wieder da drin zu schaffen machen?

Hjalmar. Fändest du es besser, er wäre zu Madam Eriksen gelaufen? *(Setzt sich an den Tisch.)* Wolltest du etwas? Du sagtest doch –

Gina. Ich wollte nur fragen, ob du meinst, daß wir den Frühstückstisch hier decken können?

Hjalmar. Ja, es hat sich doch wohl niemand so zeitig angemeldet?

Gina. Nein, ich erwarte heute nur das Liebespaar, die beiden, die sich zusammen fotografieren lassen wollten.

Hjalmar. Hol's der Henker – daß sich die beiden auch nicht an einem andern Tag fotografieren lassen konnten!

Gina. Aber, mein guter Ekdal, ich hab sie doch auf den Nachmittag bestellt, wenn du schläfst.

Hjalmar. Nun, dann ist es ja gut. Ja, dann essen wir hier.

Gina. Na schön; aber es eilt noch nicht mit dem Decken; du kannst den Tisch gern noch eine Weile benutzen.

Hjalmar. Also, weißt du – mir scheint, ich sitze hier und benutze diesen Tisch, so sehr ich nur kann!

Gina. Denn, siehst du, dann bist du nachher doch frei.

(Geht wieder hinaus in die Küche. Kurze Pause.)

Ekdal *(an der Tür zum Boden, innen hinter dem Netz).* Hjalmar!

Hjalmar. Was ist?

Ekdal. Fürchte, wir werden den Wasserbottich doch an eine andere Stelle rücken müssen.

Hjalmar. Ja, das habe ich ja schon die ganze Zeit gesagt.

Ekdal. Hm – hm – hm. *(Entfernt sich wieder von der Türöffnung.)*

(Hjalmar beschäftigt sich eine Weile mit seiner Fotografie, wirft dann einen Blick zur Bodentür und erhebt sich schließlich halb von seinem Stuhl. Hedwig kommt aus der Küche herein; Hjalmar setzt sich rasch wieder hin.)

Hjalmar. Was willst du?

Hedwig. Ich wollte nur zu dir, Vater.

Hjalmar *(nach einer kleinen Weile)*. Mir scheint, du schnüffelst hier so herum – sollst du vielleicht aufpassen?

Hedwig. Aber nein, Vater, ganz und gar nicht.

Hjalmar. Was macht denn deine Mutter jetzt da draußen?

Hedwig. Mutter? Die ist grad dabei, den Heringssalat zu machen. *(Kommt an den Tisch.)* Kann ich dir nicht irgendwas helfen, Vater?

Hjalmar. Nein, nein. Es ist am besten, wenn ich das alles ganz allein mache – solange meine Kräfte ausreichen. – Das hat keine Not, Hedwig; wenn nur dein Vater seine Gesundheit behält, dann –

Hedwig. Ach, Vater, so was mußt du aber nicht sagen. *(Sie geht ein wenig herum, bleibt vor dem Vorhang stehen und sieht hinein in den Bodenraum.)*

Hjalmar. Sag mal, was macht er da jetzt eigentlich?

Hedwig. Das soll sicher ein neuer Weg zum Wasserbottich werden.

Hjalmar. Nie und nimmer wird er damit allein fertig! Und da muß ich dazu verdammt sein, hier zu sitzen und –

Hedwig *(geht zu ihm hin)*. Gib mir den Pinsel, Vater! Ich kann das schon.

Hjalmar. Dummes Zeug; du verdirbst dir nur die Augen.

Hedwig. Bestimmt nicht. Gib mir doch den Pinsel.

Hjalmar *(steht auf)*. Nun gut, es handelt sich ja auch höchstens um ein bis zwei Minuten.

Hedwig. Als ob mir das schon was machen sollte. *(Nimmt den Pinsel.)* So. *(Setzt sich.)* Und da habe ich ja eine Vorlage, nach der ich mich richten kann.

Hjalmar. Aber verdirb dir nicht die Augen! Hörst du? Ich möchte dafür nicht verantwortlich sein; die Verantwortung für dich mußt du selbst übernehmen – das sage ich dir.

H e d w i g *(retuschierend).* Ja, ja, das werde ich schon tun.

H j a l m a r. Du bist wirklich sehr geschickt, Hedwig. Es ist ja auch nur für ein paar Minuten, verstehst du.

(Hjalmar schiebt sich seitlich am Vorhang vorbei und begibt sich auf den Boden. Hedwig sitzt am Tisch und arbeitet. Man hört Hjalmar und Ekdal drinnen auf dem Boden diskutieren.)

H j a l m a r *(erscheint innen hinter dem Netz).* Ach, Hedwig – reich mir doch mal die Kneifzange, die da auf dem Bord liegt. Und bring mir auch das Stemmeisen. *(Dreht sich um nach hinten.)* Also, Vater, jetzt sollst du sehen. Laß mich dir nur erst einmal zeigen, wie ich es meine.

H e d w i g *(hat das gewünschte Werkzeug aus dem Regal geholt und reicht es ihm durch den Vorhang hinein).*

H j a l m a r. Dank dir schön. Weißt du, es war doch gut, daß ich ihm zu Hilfe gekommen bin.

(Er entfernt sich vom Vorhang; man hört die beiden auf dem Boden tischlern und diskutieren. Hedwig bleibt am Vorhang stehen und sieht ihnen zu. Nach einer Weile klopft es an der Flurtür; sie hört es nicht.)

G r e g e r s W e r l e *(ohne Hut und Mantel, tritt ein und bleibt eine Weile in der Nähe der Tür stehen).* Hm –!

H e d w i g *(dreht sich um und geht auf ihn zu).* Guten Morgen. Bitte, treten Sie doch näher.

G r e g e r s. Danke. *(Sieht zum Bodenraum hin.)* Es hört sich an, als ob Sie Handwerker im Haus hätten.

H e d w i g. Nein, das ist nur Vater und Großvater. Ich werde gleich Bescheid sagen, daß Sie da sind.

G r e g e r s. Nein, bitte nicht, ich will lieber ein wenig warten. *(Nimmt auf dem Sofa Platz.)*

H e d w i g. Hier ist es so unordentlich – *(Will die Fotografien forträumen.)*

G r e g e r s. Aber lassen Sie doch liegen. Sind das Bilder, die fertiggemacht werden sollen?

H e d w i g. Ja, ich wollte Vater ein bißchen dabei helfen.

G r e g e r s. Ich störe Sie doch hoffentlich nicht?

H e d w i g. Aber nein. *(Sie holt die Fotografien zu sich heran und setzt sich hin, um zu arbeiten. Gregers betrachtet sie eine Weile schweigend.)*

Gregers. Hat die Wildente heute nacht gut geschlafen?
Hedwig. Danke, ja, ich glaube wohl.
Gregers *(zum Bodenraum hinsehend)*. Bei Tage sieht es da drin ganz anders aus als gestern im Mondschein.
Hedwig. Ja, es kann da so ganz verschieden sein. Morgens sieht es anders aus als am Nachmittag, und wenn es regnet, sieht es anders aus als bei schönem Wetter.
Gregers. Ach – ist Ihnen das aufgefallen?
Hedwig. Na, das sieht man doch.
Gregers. Sie halten sich wohl gern da drin bei der Wildente auf?
Hedwig. Ja, wenn ich kann –
Gregers. Aber Sie haben vermutlich nicht so viel freie Zeit. Sie gehen sicher zur Schule.
Hedwig. Nein, jetzt nicht mehr, denn Vater hat Angst, ich könnte mir die Augen verderben.
Gregers. So, dann nimmt er wohl selbst das Schulpensum mit Ihnen durch.
Hedwig. Er hat es mir versprochen; er hat nur immer noch keine Zeit dazu gehabt.
Gregers. Und ist denn sonst niemand da, der Ihnen ein wenig helfen könnte?
Hedwig. Doch, Kandidat Molvik; aber der ist nicht immer so – so ganz –
Gregers. Ist er vielleicht manchmal nicht so ganz nüchtern?
Hedwig. Ja, allerdings.
Gregers. Na, dann haben Sie ja Zeit zu allem möglichen. Und das da drin, das ist wohl so etwas wie eine ganz eigene Welt – könnte ich mir denken?
Hedwig. Ja, so ganz und gar eine eigene Welt. Und da gibt es außerdem so viele merkwürdige Sachen.
Gregers. So?
Hedwig. Ja, da stehen große Schränke mit Büchern, und in vielen von diesen Büchern sind Bilder.
Gregers. Aha!
Hedwig. Und dann gibt es da eine alte Schatulle, mit Fächern und Klappen, und eine große Uhr mit Figuren, die herauskommen können. Aber diese Uhr geht nicht mehr.

Gregers. Die Zeit steht also still da drin – bei der Wildente.

Hedwig. Ja. Und außerdem sind da noch alte Farbenkästen und so Sachen; und dann eben all die Bücher.

Gregers. Und in diesen Büchern, da lesen Sie wohl?

Hedwig. O ja, wenn ich dazu komme. Doch die meisten sind auf englisch; und das verstehe ich nicht. Aber dann sehe ich mir die Bilder an. – Da ist ein mächtig großes Buch, das heißt »Harrysons History of London«; das ist bestimmt schon hundert Jahre alt; und da sind eine Masse Bilder drin. Auf der ersten Seite ist der Tod abgebildet, mit dem Stundenglas, und ein Mädchen. Das Bild gefällt mir gar nicht. Aber dann kommen all die anderen Bilder, mit Kirchen und Schlössern und Straßen und großen Schiffen, die auf dem Meer fahren.

Gregers. Und wo kommen denn all diese seltsamen Sachen her?

Hedwig. Ach, hier wohnte früher mal ein alter Kapitän, der hat sie mit nach Haus gebracht. Die Leute nannten ihn den »Fliegenden Holländer«. Und das ist sonderbar; denn das war gar kein Holländer.

Gregers. Das war gar kein Holländer?

Hedwig. Nein. Schließlich ist er dann nicht wiedergekommen, und seine Sachen sind hier stehengeblieben.

Gregers. Sagen Sie – wenn Sie da drin sitzen und sich die Bilder ansehen, bekommen Sie da nicht Lust, hinauszukommen in die weite Welt und das alles in der Wirklichkeit selbst zu sehen?

Hedwig. Aber nein! Ich möchte immer hier zu Haus bleiben und Vater und Mutter helfen.

Gregers. Fotografien zu retuschieren?

Hedwig. Nein, nicht nur das. Am liebsten möchte ich lernen, auch solche Bilder zu machen, wie in den englischen Büchern sind.

Gregers. Hm – und was meint Ihr Vater dazu?

Hedwig. Ich glaube, Vater würde es nicht mögen; denn der ist in solchen Sachen so sonderbar. Stellen Sie sich vor, er sagt immer, ich sollte lernen, Körbe zu flechten! Aber ich finde, das kann doch nichts sein.

Gregers. Nein, das scheint mir auch.

Hedwig. Aber damit hat Vater ja recht – wenn ich gelernt hätte, Körbe zu flechten, dann hätte ich jetzt den neuen Korb für die Wildente selber machen können.

Gregers. Ja, das hätten Sie; und Sie wären ja auch der Nächste dazu gewesen.

Hedwig. Ja – denn das ist ja *meine* Wildente.

Gregers. Doch, das ist sie.

Hedwig. Jawohl; *mir* gehört sie. Aber Vater und Großvater dürfen sie sich ausleihen, sooft sie wollen.

Gregers. So; und wozu denn?

Hedwig. Ach, die betun sie, und bauen was für sie, und so.

Gregers. Kann ich mir vorstellen; denn die Wildente ist ja wohl die Allervornehmste da auf dem Boden.

Hedwig. Ja, das ist sie wirklich; denn das ist ja ein richtiger Wildvogel. Und außerdem ist es so traurig mit ihr; sie hat ja niemanden, an den sie sich halten kann, die Arme.

Gregers. Keine Familie, wie etwa die Kaninchen.

Hedwig. Nein. Und die Hühner haben ja auch so viele, mit denen sie zusammen Küken gewesen sind; aber die Wildente, die ist so ganz und gar getrennt von all den Ihren. Und das ist ja auch alles so merkwürdig mit der Wildente. Niemand kennt sie; und es weiß auch keiner, wo sie herkommt.

Gregers. Und außerdem war sie auf des Meeres tiefstem Grund.

Hedwig *(sieht flüchtig zu ihm hin, unterdrückt ein Lächeln und fragt)*. Warum sagen Sie – auf des Meeres tiefstem Grund?

Gregers. Was sollte ich denn sonst sagen?

Hedwig. Sie könnten ja sagen: auf dem Grunde des Meeres – oder: auf dem Meeresgrund.

Gregers. Kann ich denn nicht genauso gut sagen: auf des Meeres tiefstem Grund?

Hedwig. Doch; nur – für mich hört sich das so sonderbar an, wenn jemand anders das sagt.

Gregers. Und warum? Sagen Sie mir, warum.

Hedwig. Nein, das möchte ich nicht; denn das ist sowas Dummes.

G r e g e r s. Bestimmt nicht. Sagen Sie mir doch, weshalb Sie eben lächelten.

H e d w i g. Das war, weil – immer, wenn ich auf einmal – so ganz plötzlich – an das da drin denken muß, dann denke ich immer, der ganze Raum und das alles da drin hieße: auf des Meeres tiefstem Grund. – Aber das ist ja so dumm.

G r e g e r s. Sagen Sie das nicht!

H e d w i g. Doch, denn das ist ja nur ein Boden.

G r e g e r s *(sieht sie eindringlich an)*. Sind Sie sich dessen so sicher?

H e d w i g *(verblüfft)*. Was – daß das ein Boden ist?

G r e g e r s. Ja, wissen Sie das so genau?

H e d w i g *(schweigt und starrt ihn mit offenem Munde an)*.

(Gina kommt mit einem Tablett aus der Küche herein, um den Tisch zu decken.)

G r e g e r s *(steht auf)*. Entschuldigen Sie, daß ich Sie so zeitig überfallen habe.

G i n a. Ach, irgendwo müssen Sie sich ja schließlich aufhalten; und jetzt bin ich auch gleich soweit. Räum mal den Tisch ab, Hedwig.

(Hedwig räumt zusammen; sie und Gina decken während des folgenden Gesprächs den Tisch. Gregers setzt sich in den Lehnstuhl und blättert in einem Album.)

G r e g e r s. Wie ich höre, haben Sie retuschieren gelernt, Frau Ekdal?

G i n a *(wirft ihm einen Seitenblick zu)*. Ja, das habe ich.

G r e g e r s. Das traf sich ja wirklich sehr günstig.

G i n a. Wie meinen Sie das?

G r e g e r s. Nun ja – da doch Ekdal Fotograf wurde.

H e d w i g. Mutter kann auch fotografieren.

G i n a. Ach ja, *die* Kunst hab ich mir freilich auch aneignen müssen.

G r e g e r s. Dann sind Sie es wohl, die das Geschäft hier führt?

G i n a. Ja, wenn Ekdal selbst keine Zeit hat, dann –

G r e g e r s. Er ist sicher sehr in Anspruch genommen durch seinen alten Vater, kann ich mir denken.

G i n a. Ja, und außerdem ist das ja auch nichts für einen

Mann wie Ekdal, hier Porträtaufnahmen von Hinz und Kunz zu machen.

G r e g e r s. Das finde ich auch; aber wenn man nun einmal diesen Beruf ergriffen hat, so –

G i n a. Das versteht sich doch wohl von selbst, daß Ekdal was anderes ist als einer von den gewöhnlichen Fotografen.

G r e g e r s. Ja, gewiß, natürlich. Aber –

(Auf dem Boden fällt ein Schuß.)

G r e g e r s *(fährt hoch)*. Was war das?

G i n a. Hach, nu schießen die da wieder!

G r e g e r s. Sie schießen?

H e d w i g. Sie gehen auf Jagd.

G r e g e r s. Na sowas! *(Geht an den Vorhang.)* Gehst du da auf Jagd, Hjalmar?

H j a l m a r *(innen hinter dem Netz)*. Bist du schon da? Ich wußte gar nicht, daß du gekommen warst; ich war so beschäftigt hier – *(Zu Hedwig.)* Du hättest aber auch Bescheid sagen können! *(Kommt herein ins Atelier.)*

G r e g e r s. Sag mal, du schießt da drin auf dem Boden?

H j a l m a r *(zeigt eine doppelläufige Pistole)*. Oh, nur mit dieser hier.

G i n a. Ja, du und der Alte, ihr werdet schon noch mal ein Unglück anrichten mit diesem Schießprügel.

H j a l m a r *(ärgerlich)*. Wie oft habe ich dir nun schon gesagt, daß man eine solche Schußwaffe eine Pistole nennt.

G i n a. Na, ich finde, das klingt auch nicht viel besser.

G r e g e r s. So, und du bist also auch unter die Jäger gegangen, Hjalmar?

H j a l m a r. Nur so ein wenig Kaninchenjagd ab und zu. Hauptsächlich Vater zuliebe, verstehst du. Und außerdem, siehst du, trifft es sich so günstig – der Bodenraum ist so gelegen, daß niemand hören kann, wenn wir dort schießen. *(Legt die Pistole auf das oberste Brett des Regals.)* Daß du mir die Pistole nicht anrührst, Hedwig! Der eine Lauf ist geladen – denk daran.

G r e g e r s *(sieht durch das Netz)*. Und ein Jagdgewehr hast du auch, wie ich sehe.

H j a l m a r. Das ist Vaters altes Gewehr. Man kann damit nicht mehr schießen – mit dem Schloß ist irgend etwas nicht in Ordnung. Aber es macht dennoch Spaß, es dazuhaben; denn wir können es gelegentlich auseinandernehmen und reinigen und einfetten und dann wieder zusammenschrauben – Na ja, in erster Linie ist es natürlich mein Vater, der sich mit so etwas abgibt.

Hedwig *(die bei Gregers am Vorhang steht).* Jetzt können Sie die Wildente mal so richtig sehen.

Gregers. Ich sehe sie mir gerade an. Sie läßt den einen Flügel ein wenig hängen, scheint mir.

Hjalmar. Das ist ja auch kein Wunder; sie ist schließlich angeschossen worden.

Gregers. Und außerdem schleppt sie den einen Fuß ein wenig nach. Oder irre ich mich da?

Hjalmar. Ein ganz klein wenig vielleicht.

Hedwig. Ja, denn das war ja der Fuß, in den der Hund sie gebissen hatte.

Hjalmar. Aber sonst fehlt ihr nicht das geringste; und das ist wirklich bemerkenswert, wenn man bedenkt, daß sie eine Schrotladung abbekommen hat und zwischen den Zähnen eines Hundes war –

Gregers *(während er Hedwig einen raschen Blick zuwirft).* – und auf des Meeres tiefstem Grund gewesen ist – so lange Zeit.

Hedwig *(lächelt).* Ja.

Gina *(beim Tischdecken).* Ja, das Wundertier, die Wildente! Was um die hier für ein Wesen gemacht wird.

Hjalmar. Hm – ist es eigentlich bald soweit mit dem Frühstück?

Gina. Zur Sekunde. Komm, Hedwig, du mußt mir jetzt helfen.

(Gina und Hedwig gehen hinaus in die Küche.)

Hjalmar *(halblaut).* Es ist vielleicht besser, weißt du, wenn du nicht dastehst und Vater zusiehst; er hat das nicht gern.

Gregers *(entfernt sich von der Bodentür).*

Hjalmar. Ich will die Tür lieber zumachen, ehe die anderen kommen. *(Mit scheuchender Handbewegung.)* Ksch! – Ksch! Wollt ihr wohl hier weg? *(Indem er den Vorhang hochzieht und die Schiebetür schließt.)* Diese Vorrichtung ist meine eigene Erfindung. Es ist wirklich recht unterhaltsam, so etwas zu basteln und, wenn es schadhaft wird, wieder instand zu setzen. Und außerdem war das mit dem Vorhang auch unbedingt notwendig, weißt du; denn Gina mag es nicht haben, wenn die Kaninchen und die Hühner ins Atelier hereinkommen.

G r e g e r s. Nein, natürlich nicht; und es ist wohl deine Frau, die das Geschäft hier führt?

H j a l m a r. Ich überlasse die laufenden Arbeiten im allgemeinen ihr; denn so kann ich mich unterdessen zurückziehen in die Wohnstube und über Dinge nachdenken, die wichtiger sind.

G r e g e r s. Sag mal, Hjalmar, was für Dinge sind das eigentlich?

H j a l m a r. Ich habe mich schon gewundert, daß du noch nicht danach gefragt hast. Aber vielleicht hast du noch gar nichts von der Erfindung gehört?

G r e g e r s. Von einer Erfindung? Nein.

H j a l m a r. Ach, wirklich nicht? Aber natürlich, da oben in den Wäldern und in der Einöde –

G r e g e r s. Du hast also eine Erfindung gemacht?

H j a l m a r. Noch nicht ganz; aber ich bin dabei. Als ich den Entschluß faßte, mich aufzuopfern für die Fotografie, da tat ich das, wie du dir wohl denken kannst, nicht etwa, um hier Porträtaufnahmen von irgendwelchen Alltagsmenschen zu machen.

G r e g e r s. Nein, nein; das meinte deine Frau eben auch.

H j a l m a r. Ich tat den Schwur, wenn ich schon meine Kräfte in den Dienst dieses Gewerbes stellen sollte, so wollte ich es auch auf eine solche Höhe heben, daß es sowohl zu einer Kunst wie zu einer Wissenschaft wurde. Und so beschloß ich, diese merkwürdige Erfindung zu machen.

G r e g e r s. Und worin besteht diese Erfindung? Was bezweckt sie?

H j a l m a r. Ja, mein Lieber, nach solchen Einzelheiten darfst du mich noch nicht fragen. Das braucht seine Zeit, weißt du. Und du darfst auch nicht glauben, was mich dabei antreibt, sei Eitelkeit. Ich arbeite gewiß nicht aus eigennützigen Motiven. O nein, was mir Tag und Nacht vor Augen steht, das ist meine Lebensaufgabe.

G r e g e r s. Und was ist das für eine Lebensaufgabe?

Hjalmar. Vergißt du den Greis im Silberhaar?

Gregers. Deinen armen Vater! – Ja, aber was kannst du eigentlich für ihn tun?

Hjalmar. Ich kann sein Selbstgefühl erwecken von den Toten, indem ich den Namen Ekdal wieder zu Ehre und Ansehen bringe.

Gregers. Das also ist deine Lebensaufgabe?

Hjalmar. Ja. Ich will den schiffbrüchigen Mann retten. Denn Schiffbruch erlitt er ja sogleich, als das Unwetter über ihn hereinbrach. Als diese entsetzlichen Untersuchungen bevorstanden, da war er nicht mehr er selbst. Freund, diese Pistole dort – dieselbe, mit der wir jetzt auf Kaninchen schießen – die hat eine Rolle gespielt in der Tragödie des Ekdalschen Geschlechts.

Gregers. Die Pistole?

Hjalmar. Da das Urteil gefällt war, und er in den Kerker sollte – da hielt er diese Pistole in seiner Hand –

Gregers. Was! Er hielt sie –

Hjalmar. Ja – aber er wagte es nicht. Er war feige. So tief war er gesunken, solchen Schaden hatte er an seiner Seele genommen, schon damals. Ach, verstehst du das? Er als Offizier, ein Mann, der neun Bären erlegt hat und von zwei Oberstleutnanten abstammt – natürlich erst von dem einen und dann von dem anderen – Kannst du das begreifen, Gregers?

Gregers. O doch, das verstehe ich gut.

Hjalmar. Ich nicht. Und noch ein zweitesmal griff die Pistole ein in die Geschichte unseres Geschlechts. Als man ihm das graue Kleid des Sträflings angezogen und ihn hinter Schloß und Riegel gesetzt hatte – ach, Freund, glaube mir, das waren entsetzliche Zeiten für mich. Ich hatte in meinem Zimmer an beiden Fenstern die Jalousien heruntergelassen. Wenn ich einen Blick nach draußen warf, so sah ich, daß die Sonne schien wie immer. Ich begriff es nicht. Ich sah die Menschen auf der Straße gehen, sah sie lachen und über gleichgültige Dinge reden. Ich begriff es nicht. Ich meinte, das ganze Leben müsse stillstehen wie bei einer Sonnenfinsternis.

Gregers. So war mir auch zumute, als meine Mutter gestorben war.

Hjalmar. Und in einer solchen Stunde richtete Hjalmar Ekdal den Lauf der Pistole gegen seine eigene Brust.

Gregers. Auch du wolltest –!

Hjalmar. Ja.

Gregers. Doch du drücktest nicht ab?

Hjalmar. Nein. Im entscheidenden Augenblick errang ich den Sieg über mich selbst. Ich blieb leben. Doch du darfst mir glauben, es gehört Mut dazu, sich unter solchen Umständen für das Leben zu entscheiden.

Gregers. Das kommt ganz darauf an, wie man es nimmt.

Hjalmar. Doch, mein Freund, unbedingt. Aber es war ja gut so; denn jetzt bin ich ja bald soweit mit meiner Erfindung – und da meint Doktor Relling, wie auch ich, daß man meinem Vater erlauben wird, seine Uniform wieder zu tragen. Dies werde ich fordern als meinen einzigen Lohn.

Gregers. Dann ist es also das mit der Uniform, was ihn –

Hjalmar. Ja, das ist es, wonach sein ganzes Sinnen und Trachten geht. Du kannst dir nicht vorstellen, wie schmerzlich es mir um seinetwillen durch die Seele schneidet. Jedesmal, wenn wir ein kleines Familienfest feiern – etwa den Hochzeitstag von Gina und mir, oder was es nun sonst ist – da erscheint der alte Mann hier, angetan mit seiner Hauptmannsuniform aus den Tagen des Glücks. Doch es braucht nur draußen an der Tür zu klopfen – denn er wagt ja nicht, sich vor Fremden so zu zeigen, verstehst du – da eilt er zurück in seine Kammer, so rasch die alten Beine ihn tragen. Wenn man so etwas als Sohn mitansehen muß – oh, das zerreißt einem das Herz!

Gregers. Wann ungefähr glaubst du denn mit deiner Erfindung soweit zu sein?

Hjalmar. Ja, mein Gott, nach solchen Einzelheiten wie dem Zeitpunkt darfst du mich nicht fragen. Eine Erfindung, das ist etwas, was man nicht so ganz und gar selbst in der Gewalt hat. Es kommt dabei zum großen Teil auf die Inspiration an, auf eine plötzliche Eingebung – und es ist fast unmöglich, im voraus zu berechnen, wann diese eintritt.

Gregers. Aber es geht doch wohl voran?

Hjalmar. Sicher geht es voran. Es vergeht kein Tag, an dem ich nicht mit meiner Erfindung beschäftigt bin; sie füllt mich gänzlich aus. Jeden Nachmittag, wenn ich gegessen habe, schließe ich mich in der Wohnstube ein, wo ich in Ruhe darüber nachdenken kann. Man darf mich nur nicht drängen wollen, denn das führt zu nichts – das sagt Relling auch.

Gregers. Und du meinst nicht, daß alle diese Anstalten da drin auf dem Boden dich zu sehr ablenken und abhalten könnten?

Hjalmar. Nein, nein, nein, ganz im Gegenteil. Sowas mußt du nicht sagen. Ich kann nicht immer und ewig dasitzen und denselben anstrengenden Gedanken nachhängen. Ich muß außerdem noch irgend etwas haben, womit ich die Wartezeit ausfüllen kann. Die Inspiration, siehst du, die Eingebung – wenn die kommt, so kommt sie deshalb doch.

Gregers. Mein lieber Hjalmar – mir scheint fast, du hast Ähnlichkeit mit der Wildente.

Hjalmar. Mit der Wildente? Was willst du damit sagen?

Gregers. Du bist untergetaucht und hast dich festgebissen in den Algen am Grund.

Hjalmar. Willst du damit etwa anspielen auf den fast tödlichen Schuß, der meinen Vater in den Flügel traf – und auch mich?

Gregers. Das meinte ich nicht in erster Linie. Ich will nicht behaupten, du seist durch einen Schuß flügellahm geworden; aber du bist in einen vergifteten Sumpf geraten, Hjalmar; du hast eine schleichende Krankheit in dir, und deshalb bist du hinuntergegangen auf den Grund, um im Dunkeln zu sterben.

Hjalmar. Ich? Im Dunkeln sterben? Also, hör mal, Gregers, solches ungereimtes Zeug solltest du mir wirklich nicht erzählen.

Gregers. Aber sei nur ganz ruhig; ich werde dich schon wieder von da unten heraufholen. Denn siehst du, jetzt habe ich nämlich auch eine Lebensaufgabe – seit gestern.

Hjalmar. Ja, ja, das mag schon sein – nur mich laß bitte aus dem Spiel. Ich kann dir versichern, daß ich mich – abgesehen natürlich von meiner leicht erklärlichen Melancholie – in meiner Haut so wohl fühle, wie sich das irgendein Mensch nur wünschen kann.

Gregers. Daß du das tust, ist auch eine Folge der Vergiftung.

Hjalmar. Also, mein lieber guter Gregers, jetzt hör bitte auf, von meiner Krankheit und Vergiftung zu reden; derartige Gespräche bin ich einfach nicht gewohnt; hier in meinem Haus spricht man mir nie von unangenehmen Dingen.

Gregers. Nein, das glaube ich dir freilich gern.

Hjalmar. Denn, weißt du, das bekommt mir einfach nicht. Und hier ist auch gar keine Sumpfluft, wie du dich ausdrückst. Das Dach ist niedrig im Heim des armen Fotografen, das weiß ich wohl – und meine Verhältnisse sind bescheiden. Aber ich bin Erfinder, hörst du – und außerdem der Ernährer meiner Familie. Und das hebt mich empor über die Enge meiner Verhältnisse. – Ah, da kommt das Frühstück!

(Gina und Hedwig kommen herein mit Bierflaschen, Branntweinkaraffe, Gläsern und sonstigem Zubehör. Gleichzeitig kommen Relling und Molvik vom Flur herein; beide sind ohne Hut und Mantel, Molvik in Schwarz.)

Gina *(stellt die Sachen auf den Tisch).* Na, die beiden kommen ja genau im richtigen Augenblick.

Relling. Molvik bildete sich ein, er hätte Heringssalat gerochen, und da war er nicht mehr zu halten. Nochmals guten Morgen, Ekdal.

Hjalmar. Gregers, darf ich vorstellen – Kandidat Molvik; und das ist Doktor – ach, Relling kennst du ja schon, nicht wahr?

Gregers. Ja, flüchtig.

Relling. Ah, das ist ja Herr Werle junior. Ja, wir beiden sind uns da oben in Höydal ein paarmal ganz schön in die Haare geraten. Und jetzt sind Sie also hier eingezogen?

Gregers. Ja, heute früh.

Relling. Na, und unter Ihnen wohnen Molvik und ich, da haben Sie es nicht weit zum Doktor und zum Pfarrer, falls Sie den einen oder andern mal nötig haben sollten.

Gregers. Besten Dank, das wäre schon möglich – wir waren nämlich gestern dreizehn bei Tisch.

Hjalmar. Nun fang bitte nicht schon wieder an, von solchen unbehaglichen Dingen zu reden!

Relling. Reg dich doch nicht auf, Ekdal; dich trifft es ja zum Glück nicht.

Hjalmar. Das will ich hoffen – meiner Familie zuliebe. Aber jetzt wollen wir uns setzen und essen und trinken und guter Dinge sein.

Gregers. Sollen wir nicht auf deinen Vater warten?

Hjalmar. Nein, der frühstückt später auf seinem Zimmer. Also bitte, meine Herren.

(Die Herren nehmen Platz am Frühstückstisch und essen und trinken. Gina und Hedwig gehen zwischen Küche und Frühstückstisch hin und her und warten auf.)

Relling. Haben Sie gar nichts gehört, als ich heute nacht mit ihm nach Haus kam?

Gina. Nein, kann ich nicht sagen.

Relling. Das ist gut; denn heute nacht, da war es mit Molvik mal wieder ganz schlimm.

Gina. Ist das wahr, Molvik?

Molvik. Laßt uns einen Strich machen unter die Ereignisse dieser Nacht. Mein besseres Ich hat mit dergleichen ja nichts zu tun.

Relling *(zu Gregers)*. Es überkommt ihn plötzlich wie eine Eingebung; und dann muß ich mit ihm los und saufen. Denn Kandidat Molvik, müssen Sie wissen, der ist dämonisch.

Gregers. Dämonisch?

Relling. Ja, Molvik ist dämonisch.

Gregers. Hm.

Relling. Und dämonischen Naturen, denen ist es nicht gegeben, auf geradem Wege durch das Leben zu wandeln; die müssen sich mitunter auch mal auf Abwege begeben. – Na, und Sie halten es also immer noch da oben bei der scheußlichen, dreckigen Grube aus?

Gregers. Bis jetzt habe ich es ausgehalten.

Relling. Und ist es Ihnen inzwischen gelungen, die Forderung einzutreiben, mit der Sie damals herumgingen?

Gregers. Die Forderung? *(Begreifend.)* Ach so.

Hjalmar. Hast du Forderungen eingetrieben, Gregers?

Gregers. Ach, Unsinn.

Relling. Und ob er das getan hat! Er ging in allen Arbeiterkaten herum und präsentierte etwas, was er die »ideale Forderung« nannte.

Gregers. Ich war damals noch jung.

Relling. Da haben Sie recht – mächtig jung waren Sie. Und was die ideale Forderung betrifft – die haben Sie niemals honoriert bekommen, jedenfalls nicht, solange ich da oben war.

Gregers. Auch später nicht.

Relling. So? Na, da werden Sie hoffentlich inzwischen so klug geworden sein, von der Höhe der Forderung ein bißchen was abzulassen.

Gregers. Wenn ich einen echten, wirklichen Menschen vor mir habe – niemals!

Hjalmar. Nein, und das scheint mir auch ganz richtig. – Noch etwas Butter, Gina.

Relling. Und für Molvik ein Stück Speck.

Molvik. Oh – keinen Speck bitte!

(Es klopft an der Tür zum Boden.)

Hjalmar. Mach doch mal auf, Hedwig; Vater will heraus.

(Hedwig geht hin und öffnet die Schiebetür einen Spalt breit. Der alte Ekdal kommt herein, in der Hand ein frisches Kaninchenfell, Hedwig schiebt die Tür wieder zu.)

Ekdal. Morgen, die Herren! Gute Jagd gehabt heute. Habe ein großes geschossen.

Hjalmar. Und da hast du es gleich abgezogen, ohne auf mich zu warten –!

Ekdal. Habe es auch eingesalzen. Ist gutes, mürbes Fleisch, das Kaninchenfleisch! Und es ist süß, schmeckt wie Zucker. Guten Appetit, meine Herren! *(Geht in sein Zimmer.)*

Molvik *(erhebt sich hastig)*. Verzeihung – ich kann nicht – ich muß dringend –

Relling. Mensch, trink Selters!

Molvik *(entfernt sich eilig)*. Oh – oh! *(Ab durch die Tür zum Flur.)*

Relling *(hebt sein Schnapsglas zu Hjalmar)*. Trinken wir auf das Wohl des alten Jägersmannes!

Hjalmar *(stößt mit ihm an)*. Ja – auf den Sportsmann bis zum Grabe.

Relling. Auf den ergrauten – *(Leert sein Glas.)* Übrigens, sag mal – hat er eigentlich graues Haar oder weißes?

Hjalmar. Ja, das ist wohl so ein Mittelding zwischen weiß und grau; außerdem hat er ja auch kaum noch Haare auf seinem Scheitel.

Relling. Mit falschem Haar kommt man auch durch die Welt. – Ja, Ekdal, im Grunde bist du doch ein beneidenswerter Mann. Du hast diese wunderbare Lebensaufgabe, für die du deine Kräfte einsetzen kannst –

Hjalmar. Und ich setze sie auch ein, das kannst du mir glauben.

Relling. Und außerdem hast du deine tüchtige Frau, die so munter und geschäftig in ihren Filzschuhen durchs Haus trabt und mit den Hüften schaukelt und dich umhegt und umsorgt.

Hjalmar. Ja, Gina – *(Nickt ihr zu.)* Du bist wirklich eine gute Gefährtin auf dem Lebenswege.

Gina. Nu fang bloß nicht an, hier Sprüche über mich zu machen.

Relling. Na, und dann deine Hedwig – was, Ekdal?

Hjalmar *(mit bewegter Stimme)*. Das Kind, ja! Das Kind vor allem. Hedwig, komm her zu mir. *(Streicht ihr über das Haar.)* Was ist denn morgen für ein Tag, hm?

Hedwig *(an seiner Jacke zerrend)*. Ach nein, Vater, nicht sagen!

Hjalmar. Es sticht mir wie mit Messern ins Herz, wenn ich daran denke, daß es so wenig sein soll; nur eine kleine festliche Veranstaltung da drin auf dem Boden –

Hedwig. Ach, das wird doch grad so schön!

Relling. Und paß mal auf, Hedwig – wenn es eines Tages erst soweit ist, daß diese merkwürdige Erfindung zur Welt kommt!

Hjalmar. Ja *dann* – da sollst du sehen! – Hedwig, ich habe beschlossen, deine Zukunft zu sichern. Du sollst es gut haben, solange du lebst. Ich werde mir etwas für dich ausbedingen, dies oder jenes. Das soll des armen Erfinders einziger Lohn sein.

Hedwig *(flüstert an seinem Hals)*. O Vater, lieber, lieber Vater!

Relling *(zu Gregers)*. Na, finden Sie das nicht ganz

nett, mal so zur Abwechslung, an einer gutbestellten Tafel im Kreis einer glücklichen Familie zu sitzen?

Hjalmar. Ja, diese Stunden bei Tisch, die schätze ich wirklich sehr.

Gregers. Was mich betrifft, so fühle ich mich nicht wohl in modriger Luft.

Relling. In modriger Luft?

Hjalmar. Jetzt fang bitte nicht schon wieder an mit diesem dummen Gerede!

Gina. Hier ist wahrhaftigengotts keine modrige Luft, Herr Werle! Ich lüfte nämlich jeden einzigen Tag.

Gregers *(steht vom Tisch auf)*. Der Gestank, den ich meine, der ist nicht dadurch wegzubringen, daß man die Fenster aufreißt.

Hjalmar. Gestank!

Gina. Also, was sagst du dazu, Ekdal!

Relling. Verzeihung – sollten nicht doch vielleicht Sie selbst es sein, der den Gestank von den Gruben da oben mitbringt?

Gregers. Es würde Ihnen ähnlich sehen, das, was ich hier ins Haus bringe, Gestank zu nennen.

Relling *(nähert sich ihm)*. Hören Sie mal, Herr Werle junior – ich habe Sie stark im Verdacht, daß Sie Ihre »ideale Forderung« noch immer ohne Abstrich in der Tasche mit sich herumtragen.

Gregers. In meiner Brust trage ich sie.

Relling. Tragen Sie sie von mir aus, wo Sie wollen – jedenfalls möchte ich Ihnen den guten Rat geben, hier nicht den Kassierer zu spielen, solange ich dabei bin.

Gregers. Und wenn ich es dennoch tue?

Relling. Dann fliegen Sie kopfüber die Treppe runter – damit Sie Bescheid wissen!

Hjalmar *(erhebt sich)*. Aber, Relling!

Gregers. Werfen Sie mich ruhig hinaus –!

Gina *(dazwischentretend)*. Nein, Relling, das dürfen Sie nicht. Aber das muß ich Ihnen schon sagen, Herr Werle – gerade Sie, wo Sie die ganze Schweinerei mit Ihrem Ofen gemacht haben, Sie sollten nicht ankommen und mir was von Gestank erzählen wollen.

(Es klopft an der Tür zum Flur.)

Hedwig. Mutter, da hat jemand geklopft.

Hjalmar. Auch das noch; geht das nun schon wieder los!

Gina. Laß mich man –

(Sie geht zur Tür und öffnet, stutzt, weicht erschrocken zurück und stößt einen Ausruf unangenehmer Überraschung aus. Konsul Werle, im Pelzmantel, tritt ein und bleibt bei der Tür stehen.)

Werle. Bitte um Entschuldigung – aber wie ich höre, soll mein Sohn hier im Haus wohnen?

Gina *(schnappt nach Luft).* Ja.

Hjalmar *(nähert sich Werle).* Möchten Herr Konsul nicht einen Augenblick ablegen?

Werle. Nein, danke; ich wollte nur meinen Sohn sprechen.

Gregers. Ja, was soll's? Hier bin ich.

Werle. Ich möchte mit dir auf deinem Zimmer reden.

Gregers. Auf meinem Zimmer? Also, bitte – *(Will gehen.)*

Gina. Nein, dort sieht es wahrhaftigengotts nicht so aus, daß man –

Werle. Nun, dann eben draußen auf dem Flur; ich wünsche jedenfalls ein Gespräch unter vier Augen.

Hjalmar. Das kann hier stattfinden, Herr Konsul. Relling, komm mit in die Wohnstube.

(Hjalmar und Relling gehen durch die Tür rechts hinein in die Wohnstube; Gina nimmt Hedwig mit sich hinaus in die Küche.)

Gregers *(nach kurzer Pause).* Ja, jetzt wären wir also unter vier Augen.

Werle. Du hast da gestern abend einige Bemerkungen fallenlassen – und nachdem du dich jetzt hier bei Ekdals eingemietet hast, muß ich fast annehmen, daß du irgend etwas gegen mich im Schilde führst!

Gregers. Ich habe die Absicht, Hjalmar Ekdal die Augen zu öffnen. Er soll seine Situation erkennen, wie sie ist – das ist alles.

Werle. Ist das etwa die Lebensaufgabe, von der du gestern abend sprachst?

Gregers. Ja. Eine andere hast du mir nicht gelassen.

Werle. Bin ich es denn, der deinen Sinn verstört hat, Gregers?

Gregers. Du hast mein ganzes Leben zerstört. Ich denke nicht nur an all das mit Mutter – Aber du bist es, dem ich es zu verdanken habe, wenn ich gehetzt und gequält werde von einem schuldbeladenen Gewissen.

Werle. Aha, es ist also das Gewissen, mit dem etwas nicht in Ordnung ist.

Gregers. Ich hätte damals schon dir entgegentreten sollen, als man Hauptmann Ekdal in die Falle lockte. Ich hätte ihn warnen sollen; denn ich ahnte, wohin es führen würde.

Werle. Ja, da hättest du allerdings wirklich den Mund aufmachen sollen.

Gregers. Ich traute mich nicht; so feige war ich und so eingeschüchtert. Ich hatte eine so unsägliche Angst vor dir – damals, und auch sehr viel später noch.

Werle. Diese Angst hat sich inzwischen anscheinend gegeben.

Gregers. Ja, gottlob. Das Verbrechen, das an dem alten Ekdal begangen worden ist, von mir und von – anderen, das ist nie wieder gutzumachen; aber Hjalmar, den kann ich befreien aus dem Netz von Lüge und Heimlichkeit, worin er gefangen ist und allmählich zugrunde geht.

Werle. Meinst du, daß du damit ein gutes Werk vollbringen wirst?

Gregers. Ich bin felsenfest davon überzeugt.

Werle. Glaubst du etwa, Fotograf Ekdal wäre der Mann danach, dir für einen solchen Freundschaftsdienst dankbar zu sein?

Gregers. Ja, das ist er!

Werle. Hm – wir werden ja sehen.

Gregers. Und außerdem – wenn ich weiter am Leben bleiben soll, so muß ich versuchen, Heilung zu finden für mein krankes Gewissen.

Werle. Das wird nie gesund. Dein Gewissen war kränklich seit deiner Kindheit. Das ist ein Erbteil, das du von deiner Mutter hast, Gregers – das einzige Erbe, das sie dir hinterließ.

Gregers *(mit einem höhnischen Lächeln)*. Hast du es noch immer nicht verwinden können, daß du dich verrechnet hattest, als du glaubtest, sie würde dir ein Vermögen mit in die Ehe bringen?

Werle. Sprechen wir nicht von Dingen, die nicht hierher gehören. – Du hältst also fest an deinem Vorsatz, den Fotografen Ekdal auf eine Fährte zu bringen, von der du annimmst, sie sei die richtige?

Gregers. Ja, an diesem Vorsatz halte ich fest.

Werle. Nun, dann hätte ich mir ja den Weg hierher sparen können. Denn dann hat es wohl auch keinen Sinn, dich zu fragen, ob du wieder zu mir nach Haus kommen willst?

Gregers. Nein.

Werle. Und in die Firma eintreten willst du auch nicht?

Gregers. Nein.

Werle. Also gut. Da ich nun aber beabsichtige, eine neue Ehe einzugehen, so muß das Vermögen zwischen uns geteilt werden.

Gregers *(rasch)*. Nein – das wünsche ich nicht.

Werle. Du wünschst es nicht?

Gregers. Nein, ich wage es nicht – um meines Gewissens willen.

Werle *(nach kurzer Pause)*. Wirst du wieder zurückgehen nach Höydal?

Gregers. Nein; ich betrachte mich als ausgeschieden aus deinen Diensten.

Werle. Und was beabsichtigst du zu tun?

Gregers. Nur meine Lebensaufgabe zu lösen; weiter nichts.

Werle. Ja, und dann? Wovon willst du denn leben?

Gregers. Ich habe mir von meinem Lohn ein wenig zurückgelegt.

Werle. Das dürfte kaum lange reichen.

Gregers. Ich denke, es reicht für die Zeit, die mir bleibt.

Werle. Was soll das heißen?

Gregers. Ich lehne es ab, dir weitere Antworten zu geben.

Werle. Dann leb wohl, Gregers.

Gregers. Leb wohl.

(Konsul Werle geht.)

Hjalmar *(steckt den Kopf zur Tür herein)*. Ist er fort?

Gregers. Ja.

(Hjalmar und Relling kommen herein. Auch Gina und Hedwig kommen aus der Küche zurück.)

Relling. Schade, das Frühstück ist im Eimer.

Gregers. Zieh dich an, Hjalmar! Du mußt einen weiten Weg mit mir machen.

Hjalmar. Ja, gern. Was wollte dein Vater denn? Hatte es etwas mit mir zu tun?

Gregers. Komm nur. Wir müssen ein wenig miteinander reden. Ich ziehe mir nur eben meinen Mantel an. *(Geht hinaus.)*

Gina. Du solltest nicht mit ihm gehn, Ekdal.

Relling. Nein, tu es nicht, hörst du? Bleib, wo du bist.

Hjalmar *(nimmt Hut und Mantel).* Was denn! Wenn ein Jugendfreund das Bedürfnis fühlt, sich mir unter vier Augen zu eröffnen –

Relling. Ja, zum Kuckuck – merkst du denn gar nicht, daß der Kerl verrückt ist? Verwirrt, verstört!

Gina. Da hörst du es mal. Seine Mutter war genauso, die hatte auch manchmal so 'ne Raptusse.

Hjalmar. Um so mehr bedarf er des wachsamen Auges eines Freundes. *(Zu Gina.)* Sorg bitte dafür, daß das Essen pünktlich auf dem Tisch ist. Adieu – bis nachher. *(Geht hinaus.)*

Relling. Das ist doch wirklich ein Unglück, daß dieser Bursche nicht in einer der Gruben oben in Höydal zum Teufel gegangen ist.

Gina. Herrjemine – wie können Sie sowas bloß sagen!

Relling *(brummt).* Na ja, ich hab da so meine Gedanken.

Gina. Glauben Sie wirklich, daß der junge Werle richtig verrückt ist?

Relling. Leider nicht; der ist nicht verrückter als andere Leute auch. Aber eine Krankheit hat er tatsächlich im Leibe.

Gina. So? Was fehlt ihm denn?

Relling. Ja, Frau Ekdal, das will ich Ihnen sagen. Er leidet an einem akuten Fall von Rechtschaffenheitsfieber.

Gina. Rechtschaffenheitsfieber?

Hedwig. Ist das eine Krankheit?

Relling. Jawohl! Das ist eine nationale Krankheit, die aber nur sporadisch auftritt. *(Nickt Gina zu.)* Schönen Dank für die Einladung. *(Geht hinaus.)*

Gina *(geht unruhig hin und her).* Hach, dieser Gregers Werle – das war immer schon so ein ekliger Kerl.

Hedwig *(steht am Tisch und sieht ihre Mutter forschend an).* Das kommt mir alles so sonderbar vor.

VIERTER AKT

In Hjalmar Ekdals Atelier. Im Raum steht ein fotografischer Apparat mit einem schwarzen Tuch darüber, ein Stativ, zwei Stühle, eine Konsole und dergleichen; es ist zu erkennen, daß soeben eine Aufnahme stattgefunden hat. Es ist Nachmittag; die Sonne ist im Schwinden; etwas später beginnt es zu dunkeln. Gina steht in der geöffneten Tür zum Flur, in der Hand eine fotografische Kassette, und spricht mit jemandem draußen vor der Tür.

Gina. Ja, ganz bestimmt. Wenn ich was verspreche, dann halte ich es auch. Am Montag ist das erste Dutzend fertig. – Adieu, adieu!

(Man hört jemanden die Treppe hinuntergehen. Gina macht die Tür zu, kommt zurück und schiebt die Kassette in den verdeckten Apparat.)

Hedwig *(kommt aus der Küche herein).* Sind sie weg?

Gina *(beim Aufräumen).* Ja, gottseidank, jetzt bin ich sie endlich losgeworden.

Hedwig. Aber kannst du verstehen, daß Vater noch immer nicht nach Haus gekommen ist?

Gina. Bist du sicher, daß er nicht vielleicht unten bei Relling ist?

Hedwig. Nein, da ist er nicht; ich war eben unten und hab gefragt.

Gina. Hach, nu wird auch noch sein Essen kalt.

Hedwig. Ja – wo doch Vater sonst immer so darauf sieht, daß er pünktlich zum Essen da ist!

Gina. Ach, nu kommt er sicher gleich, paß mal auf.

Hedwig. Wenn er doch nur schon da wäre – ich finde, hier ist alles so sonderbar geworden.

Gina *(ruft).* Da ist er!

(Hjalmar Ekdal kommt von draußen herein.)

Hedwig *(zu ihm hinlaufend).* Vater! Wir haben ja so auf dich gewartet!

Gina *(wirft ihm einen unsicheren Blick zu).* Du bist aber mächtig lange weggeblieben, Ekdal.

Hjalmar *(ohne sie anzusehen).* Ja, ich war wohl ein wenig lange aus. *(Er zieht den Mantel aus; Gina und Hedwig wollen ihm dabei helfen; er wehrt es ab.)*

Gina. Hast du etwa mit Werle gegessen?

Hjalmar *(hängt seinen Mantel an den Haken).* Nein.

Gina *(geht zur Küche).* Dann werd ich dir jetzt dein Essen bringen.

Hjalmar. Nein, laß nur. Ich möchte jetzt nicht essen.

Hedwig *(sich ihm nähernd).* Ist dir nicht gut, Vater?

Hjalmar. Gut? O doch, so ziemlich. Wir haben einen anstrengenden Weg zusammen gemacht, Gregers und ich.

Gina. Das solltest du aber nicht tun, Ekdal; denn du bist sowas ja gar nicht gewöhnt.

Hjalmar. Hm – es gibt so mancherlei, woran man sich hier in diesem Leben gewöhnen muß. *(Geht im Raum hin und her.)* War irgend jemand hier, während ich fort war?

Gina. Nur das Liebespaar.

Hjalmar. Keine neuen Bestellungen?

Gina. Nein, heute nicht.

Hedwig. Aber morgen kommt sicher wieder was, du wirst sehen, Vater.

Hjalmar. Hoffentlich; denn morgen gedenke ich mich mit all meiner Kraft in die Arbeit zu stürzen.

Hedwig. Morgen! Aber hast du denn ganz vergessen, was für ein Tag morgen ist?

Hjalmar. Ach ja, richtig – Nun, dann also übermorgen. Ich werde von jetzt an alles selbst machen; die ganze Arbeit will ich ganz allein übernehmen.

Gina. Aber wozu denn bloß, Ekdal? Damit machst du dir ja nur das Leben unnötig sauer. Das Fotografieren, das mach ich schon; und du kannst dich dann doch weiter mit deiner Erfindung beschäftigen.

Hedwig. Und mit der Wildente, Vater – und mit all den Hühnern, Kaninchen und –

Hjalmar. Sprich mir nicht von dieser törichten Spielerei! Ab morgen setze ich keinen Fuß mehr dort hinein.

Hedwig. Aber Vater – du hast mir doch versprochen, daß du morgen da drin für mich –

Hjalmar. Hm, richtig. Nun gut, dann also ab übermorgen. Oh, diese verdammte Wildente – ich würde ihr am liebsten den Hals umdrehen!

Hedwig *(schreit)*. Der Wildente!

Gina. Also, hat man sowas schon gehört!

Hedwig *(an ihm zerrend)*. Vater – das ist doch *meine* Wildente!

Hjalmar. Deshalb tue ich es ja auch nicht. Ich bringe es einfach nicht übers Herz – um deinetwillen, Hedwig. Aber mein Innerstes sagt mir so deutlich, daß ich es tun *sollte*. Ich sollte unter meinem Dach kein Geschöpf dulden, das in *den* Händen war.

Gina. Ja, mein Gott, bloß weil Großvater sie von dem schofligen Pettersen gekriegt hat, deshalb –

Hjalmar *(hin und her gehend)*. Es gibt gewisse Verpflichtungen – wie soll ich sie nennen? Sagen wir – ideale Verpflichtungen – gewisse Forderungen, die ein Mann nicht außer acht lassen kann, ohne Schaden zu nehmen an seiner Seele.

Hedwig *(hinter ihm hergehend)*. Aber, die Wildente, Vater – die arme Wildente!

Hjalmar *(bleibt stehen)*. Du hörst doch, ich verschone sie – um deinetwillen. Kein Haar soll gekrümmt werden auf dem Haupte – hm; also, wie gesagt, ich tu ihr nichts. Denn ich habe ja jetzt auch größere Aufgaben vor mir, habe Wichtigeres zu tun als das. – Aber jetzt solltest du ein wenig an die Luft gehen, Hedwig, wie du das immer tust; jetzt ist es gerade so hübsch dämmrig für dich.

Hedwig. Ach, ich hab aber heute gar keine Lust dazu.

Hjalmar. Doch, doch; mir scheint, du zwinkerst so mit den Augen; diese ganzen Dämpfe hier drin tun dir nicht gut. Die Luft ist dumpf unter diesem Dach.

Hedwig. Ja, ja, dann gehe ich jetzt also ein Stückchen. Wo hab ich denn meinen Mantel – ach, der ist sicher drin bei mir. Und, Vater – bitte tu der Wildente nichts, während ich weg bin.

Hjalmar. Nicht eine Feder auf ihrem Haupte soll – *(Drückt sie an sich.)* Du und ich, Hedwig – wir beiden! – Nun geh, mein Kind, geh nur ruhig.

(Hedwig nickt ihren Eltern zu und geht hinaus durch die Küche.)

Hjalmar *(geht herum, ohne den Blick zu heben).* Gina –

Gina. Ja?

Hjalmar. Ab morgen – oder sagen wir, ab übermorgen – könnte ich unter Umständen Lust haben, das Haushaltsbuch selbst zu führen.

Gina. Willst du nu das Haushaltsbuch auch noch führen?

Hjalmar. Ja – oder jedenfalls die Einnahmen verbuchen.

Gina. Ach, du liebes bißchen, das ist bald getan.

Hjalmar. Das sollte man eigentlich kaum glauben; denn ich finde, du kommst mit dem Geld so merkwürdig gut aus. *(Bleibt stehen und sieht sie an.)* Wie geht das zu?

Gina. Das kommt, weil Hedwig und ich so wenig brauchen.

Hjalmar. Stimmt es, daß Vater die Schreibarbeit bei Konsul Werle so großzügig bezahlt bekommt?

Gina. Ob das so großzügig ist, weiß ich nicht. Ich weiß mit den Preisen für sowas nicht Bescheid.

Hjalmar. Nun, sag doch mal – was bekommt er denn so ungefähr?

Gina. Ach, das ist ganz verschieden – aber es wird wohl so ungefähr das ausmachen, was er uns kostet, und dazu noch ein bißchen Taschengeld für ihn selber.

Hjalmar. Was er uns kostet? Und das hast du mir nie gesagt?

Gina. Nein, das konnte ich doch nicht; du warst doch so froh, weil du dachtest, er bekäme alles von dir.

Hjalmar. Und statt dessen bekommt er es also von Konsul Werle!

Gina. Na, wenn schon – der hat ja genug, dem tut das doch nicht weh.

Hjalmar. Steck doch bitte mal die Lampe an!

Gina *(tut es).* Und außerdem wissen wir ja gar nicht, ob es der Konsul selber ist; das kann ja genauso gut Gråberg sein –

Hjalmar. Gråberg? Was soll diese Ausflucht?
Gina. Ich weiß ja nicht – aber ich dachte man bloß –
Hjalmar. Hm!
Gina. Und *ich* hab ja Großvater die Schreibarbeit auch gar nicht verschafft. Das war doch Berta, damals, als sie beim Konsul ins Haus kam.
Hjalmar. Mir scheint, deine Stimme klingt so sonderbar.
Gina *(setzt den Schirm auf die Lampe)*. Findest du?
Hjalmar. Und auch deine Hände zittern – oder sollte ich mich da täuschen?
Gina *(mit Festigkeit)*. Sag es lieber gleich, Ekdal – was hat er dir von mir erzählt?
Hjalmar. Ist es wahr – sollte es wahr sein können, daß – damals, als du dort im Hause dientest – daß zwischen dir und Konsul Werle irgendein Verhältnis bestand?
Gina. Das ist nicht wahr. Nein, damals nicht. Der Konsul war hinter mir her, das stimmt schon. Und seine Frau glaubte, er hätte was mit mir; und da hat sie ein furchtbares Theater gemacht, hat mich runtergeputzt und sogar geschlagen – jawohl, hat sie – und da bin ich dann gegangen.
Hjalmar. Und später?
Gina. Na ja, ich kam ja dann wieder nach Haus. Und meine Mutter, die war nicht ganz so reell, wie du dachtest, Ekdal; die hat mich dauernd beschnackt und mir alle möglichen Flausen in den Kopf gesetzt; denn Konsul Werle, der war ja damals Witwer geworden.
Hjalmar. Und dann?
Gina. Ja, es ist wohl das beste, wenn ich es dir sage. Er gab nicht eher Ruhe, als bis er seinen Willen bekam.
Hjalmar *(schlägt die Hände zusammen)*. Und das ist die Mutter meines Kindes! Wie konntest du mir so etwas verheimlichen!
Gina. Ja, das war sicher nicht richtig von mir; ich hätte es dir längst sagen sollen.
Hjalmar. Sofort hättest du es mir sagen sollen, gleich damals – dann hätte ich doch gewußt, woran ich war.
Gina. Aber hättest du mich denn trotzdem geheiratet?
Hjalmar. Wie kannst du das nur denken!
Gina. Nein, nein – und deshalb traute ich mich damals

auch nicht, es dir zu sagen. Denn ich hatte ja nu mal so mächtig viel für dich übrig, das weißt du auch. Und ich konnte mich doch schließlich nicht selber reineweg unglücklich machen –

Hjalmar *(umhergehend)*. Und das ist die Mutter meiner Hedwig! Und sich sagen zu müssen, das alles, was ich hier vor mir sehe – *(stößt mit dem Fuß gegen einen Stuhl)* – mein ganzes Heim – das verdanke ich einem begünstigten Vorgänger! Oh, dieser Werle, dieser schändliche Verführer!

Gina. Bereust du denn die vierzehn – fünfzehn Jahre, die wir zusammen gelebt haben?

Hjalmar *(bleibt vor ihr stehen)*. Sage mir – hast du nicht täglich und stündlich bittere Reue empfunden beim Gedanken an dieses Gewebe aus Lüge und Heimlichkeit, in das du mich eingesponnen hast wie eine Spinne in ihr Netz? Antworte mir auf diese Frage! Hast du wirklich hier leben können, ohne daß dein Gewissen dich beständig nagte und plagte?

Gina. Ach, lieber Ekdal, ich hab so vollauf genug damit zu tun gehabt, an den Haushalt zu denken und an die täglichen Geschäfte –

Hjalmar. So, du wirfst also nie einen prüfenden Blick auf deine Vergangenheit!

Gina. Nee, weißt du, diese alten Geschichten, die hatte ich tatsächlich beinah ganz und gar vergessen.

Hjalmar. O diese träge, fühllose Ruhe! Die hat für mich etwas so Empörendes. Also nicht einmal Reue!

Gina. Aber sag mir doch mal, Ekdal – was hätte denn wohl aus dir werden sollen, wenn du nicht so 'ne Frau bekommen hättest wie mich?

Hjalmar. Was!

Gina. Ja, denn ich war ja nu doch mal immer sozusagen ein bißchen gewandter und vigilanter als du. Na ja, schließlich bin ich ja auch ein paar Jahre älter.

Hjalmar. Was aus mir geworden wäre?

Gina. Ja – denn als wir uns damals kennenlernten, da warst du doch auf alle möglichen Abwege geraten; das wirst du wohl nicht abstreiten wollen.

Hjalmar. Also Abwege nennst du das? Oh, du verstehst

eben nicht, wie es in der Seele eines Mannes aussieht, wenn ihn der Kummer zur Verzweiflung treibt – noch dazu bei einem Mann mit meinem feurigen Gemüt.

Gina. Ja ja, das kann schon sein. Und ich halte dir das ja auch ganz und gar nicht vor; denn als du dann deinen eigenen Herd hattest, da wurdest du ja auch gleich so ein braver und herzensguter Mann. – Und nu hatten wir das hier bei uns so nett und gemütlich; und Hedwig und ich wollten uns nu so allmählich auch ein bißchen was mehr leisten für Essen und Kleidung.

Hjalmar. Ja – im Sumpf der Lüge.

Gina. Hach, dieser widerwärtige Kerl, daß der auch ausgerechnet hier ins Haus kommen mußte!

Hjalmar. Auch ich meinte, unter diesem Dache lebe es sich gut. Doch das war eine Täuschung. Woher soll ich nun die Spannkraft nehmen, die ich brauche, um meine Erfindung herüberzubringen in die Welt der Wirklichkeit? Vielleicht sinkt sie mit mir ins Grab; und dann ist es deine Vergangenheit, Gina, die sie getötet hat.

Gina *(den Tränen nahe)*. Nein, sowas mußt du aber wirklich nicht sagen, Ekdal. Wo ich doch die ganze Zeit immer nur gesehn habe, wie ich alles möglichst schön für dich machen kann!

Hjalmar. Ich frage – was wird nun aus dem Traum des Versorgers der Familie? Wenn ich da in der Wohnstube auf dem Sofa lag und über die Erfindung nachgrübelte, da ahnte ich freilich, daß sie meine letzte Lebenskraft aufzehren würde. Ja, ich wußte es wohl: der Tag, an dem ich das Patent in meinen Händen hielt – dieser Tag würde zugleich mein Abschiedstag sein. Und so war es mein Traum, daß du dann zurückbleiben solltest als des dahingegangenen Erfinders wohlhabende Witwe.

Gina *(trocknet sich die Augen)*. Nee also, Ekdal, sowas mußt du nicht sagen. Der Herr bewahre mich davor, daß ich jemals den Tag erleben sollte, wo ich als Witwe dasitze!

Hjalmar. Ach, es macht ja auch nichts. Denn jetzt ist sowieso alles aus und vorbei. Alles!

(Gregers Werle öffnet vorsichtig die Flurtür und sieht herein.)

G r e g e r s. Darf ich?

H j a l m a r. Ja, komm nur herein.

G r e g e r s *(kommt mit strahlendem Gesicht näher und will ihnen die Hände reichen).* Nun, ihr beiden lieben Menschen –! *(Sieht beide abwechselnd an und flüstert Hjalmar zu.)* Es ist also noch nicht geschehen?

H j a l m a r *(laut und deutlich).* Es ist geschehen.

G r e g e r s. Wirklich?

H j a l m a r. Ich habe die bitterste Stunde meines Lebens hinter mir.

G r e g e r s. Aber auch die erhebendste, möchte ich glauben.

H j a l m a r. Nun, zunächst einmal haben wir es jedenfalls hinter uns.

G i n a. Gott verzeih' Ihnen, Herr Werle.

G r e g e r s *(höchst erstaunt).* Also – das hier verstehe ich nicht.

H j a l m a r. Was verstehst du nicht?

G r e g e r s. Eine so entscheidende Abrechnung – eine Abrechnung, die die Grundlage bilden sollte für ein ganz neues Leben – für ein gemeinsames Leben im Geiste der Wahrheit, ohne jedes Verschweigen –

H j a l m a r. Ich weiß, ich weiß – sehr gut weiß ich das alles.

G r e g e r s. Ich hatte mit solcher Sicherheit erwartet, daß mir, wenn ich hier zur Tür hereinkam, das Licht der Verklärung entgegenleuchten würde, von deinem Gesicht wie auch von dem ihren. Und jetzt sehe ich hier nichts als dieses dumpfe, trübe, triste –

G i n a. Also, bitte. *(Nimmt den Schirm von der Lampe.)*

G r e g e r s. Sie wollen mich nicht verstehen, Frau Ekdal. Ach nein, bei Ihnen braucht das wohl seine Zeit. Aber du, Hjalmar? Du solltest doch eine höhere Weihe empfangen haben von der großen Abrechnung.

H j a l m a r. Ja, gewiß, das hab ich auch. Das heißt – in gewisser Weise.

G r e g e r s. Denn es gibt doch wohl nichts auf der Welt, was damit verglichen werden könnte, einer Sünderin zu verzeihen und sie in Liebe zu sich emporzuheben.

H j a l m a r. Meinst du, es sei so leicht für einen Mann, den bitteren Kelch zu überwinden, den ich soeben geleert habe?

G r e g e r s. Nein, für einen durchschnittlichen Mann wohl nicht; aber ein Mann wie du –!

H j a l m a r. Ja, mein Gott, das weiß ich ja. Aber du darfst mich nicht drängen wollen, Gregers. Sowas braucht seine Zeit, siehst du.

G r e g e r s. Du hast viel von der Wildente an dir, Hjalmar.

(Relling ist inzwischen hereingekommen.)

R e l l i n g. So, so – habt ihr schon wieder mal die Wildente vor?

H j a l m a r. Ja – Konsul Werles flügellahm geschossene Jagdbeute.

R e l l i n g. Konsul Werle? Ach, von dem habt ihr gesprochen?

H j a l m a r. Von ihm und – von uns.

R e l l i n g *(halblaut zu Gregers)*. Zum Teufel mit Ihnen!

H j a l m a r. Was sagst du da?

R e l l i n g. Ich gab meinem inständigen Wunsche Ausdruck, daß sich dieser Kurpfuscher hier auf den Heimweg verfügen möchte. Wenn er nicht bald verschwindet, ist er imstande, euch beide nachhaltig zu verpfuschen.

G r e g e r s. Diese beiden verpfuscht man nicht, Herr Relling. Von Hjalmar will ich gar nicht erst reden, ihn kennen wir. Doch auch sie hat gewiß im Grunde ihres Wesens etwas Echtes, etwas Gutes –

G i n a *(den Tränen nah)*. Warum haben Sie mich denn dann bloß nicht gelassen, wie ich war.

R e l l i n g *(zu Gregers)*. Ist es erlaubt, zu fragen, was Sie hier eigentlich vorhaben?

G r e g e r s. Ich will die Grundlage für eine wahre Ehe schaffen.

R e l l i n g. Ach, finden Sie denn die Ekdalsche Ehe nicht gut genug, so wie sie ist?

G r e g e r s. Sie ist sicher nicht schlechter als so viele anderen Ehen auch, leider. Aber eine wahre Ehe ist sie bisher noch nicht.

H j a l m a r. Du hast eben keinen Sinn für die ideale Forderung, Relling.

R e l l i n g. Dummes Zeug, mein Junge! – Mit Verlaub, Herr Werle: wieviele – nur mal so grob gerechnet – wieviele wahre Ehen haben Sie in Ihrem Leben bisher gesehen?

Gregers. Ich glaube, kaum eine einzige.

Relling. Ich auch nicht.

Gregers. Aber ich habe so zahllose Ehen der entgegengesetzten Art gesehen. Und ich habe Gelegenheit gehabt, aus nächster Nähe zu erleben, was durch eine solche Ehe in einem Menschen zerbrechen kann.

Hjalmar. Die ganze moralische Grundlage eines Mannes kann unter ihm ins Wanken geraten; das ist das Entsetzliche dabei.

Relling. Na ja, ich bin nie so eigentlich richtig verheiratet gewesen; da kann ich also nicht mitreden. Aber das weiß ich jedenfalls, daß zu einer Ehe auch das Kind gehört. Und das Kind, das sollt ihr mir in Frieden lassen.

Hjalmar. Oh – Hedwig! Meine arme Hedwig!

Relling. Ja, die laßt gefälligst aus dem Spiel. Ihr beiden seid erwachsene Leute; wenn ihr Lust dazu habt, dann pfuscht in Gottes Namen in euren eigenen Angelegenheiten herum, soviel ihr wollt. Aber mit Hedwig müßt ihr vorsichtig sein, das sage ich euch – ihr könntet sonst unter Umständen ein Unglück anrichten.

Hjalmar. Ein Unglück?

Relling. Ja, oder das Mädchen selbst könnte ein Unglück anrichten – für sich und vielleicht auch für andere.

Gina. Aber wie kommen Sie bloß auf sowas, Relling?

Hjalmar. Du willst doch hoffentlich nicht sagen, es bestünde unmittelbare Gefahr für die Augen?

Relling. Mit den Augen hat das hier nichts zu tun. Hedwig ist in einem schwierigen Alter. Sie kann auf alle möglichen dummen Gedanken kommen.

Gina. Ja, da haben Sie wirklich recht! Sie hat in letzter Zeit angefangen, solchen Unfug zu treiben mit der Kohlenglut im Küchenherd. Das nennt sie dann: Feuersbrunst spielen. Ich bin oft angst und bange, daß sie noch mal das ganze Haus in Brand steckt.

Relling. Sieh mal an; ich wußte es ja.

Gregers. Aber was für eine Erklärung haben Sie dafür?

Relling *(brummig)*. Sie befindet sich im Stadium des Stimmwechsels, bester Herr.

Hjalmar. Solange sie nur mich hat –! Solange mein Haupt noch über der Erde ist –!

(Es klopft.)

Gina. Still, Ekdal – da ist jemand. *(Ruft.)* Herein!

(Frau Sörby, in Hut und Mantel, kommt herein.)

Frau Sörby. Guten Abend!

Gina *(ihr entgegengehend)*. Na sowas – bist du das, Berta?

Frau Sörby. Ja, allerdings, das bin ich. Aber ich komme vielleicht ungelegen?

Hjalmar. Wo denken Sie hin! Ein Abgesandter aus *dem* Hause –

Frau Sörby *(zu Gina)*. Ich hatte offengestanden gehofft, daß ich dich um diese Zeit ohne die Herren antreffen würde, und so kam ich auf einen Sprung herauf, um ein bißchen mit dir zu reden und dir Lebwohl zu sagen.

Gina. Ach, du willst verreisen?

Frau Sörby. Ja, ich fahre morgen früh – nach Höydal. Der Konsul ist schon heute nachmittag gefahren. *(Wegwerfend zu Gregers.)* Soll Sie übrigens noch vielmals von ihm grüßen.

Gina. Na, sowas –!

Hjalmar. So, Konsul Werle ist also abgereist? Und Sie reisen ihm jetzt nach?

Frau Sörby. Ja, Ekdal, was sagen Sie dazu?

Hjalmar. Nehmen Sie sich in acht, sage ich.

Gregers. Ich will es dir erklären: mein Vater heiratet Frau Sörby.

Hjalmar. Er heiratet sie?

Gina. Oh, Berta – wird es nu doch noch?

Relling *(mit einem leichten Beben in der Stimme)*. Das ist doch wohl nicht wahr?

Frau Sörby. Doch, mein lieber Relling, so ist es.

Relling. Sie wollen sich tatsächlich wieder verheiraten?

Frau Sörby. Ja, allerdings. Werle hat schon alles in die Wege geleitet, und nun wollen wir oben in Höydal in aller Stille Hochzeit feiern.

Gregers. Dann muß ich Ihnen wohl als guter Stiefsohn alles Gute wünschen.

Frau Sörby. Besten Dank, falls es ehrlich gemeint sein sollte. Jedenfalls hoffe ich, daß es für Werle und mich zum Guten ausschlägt.

Relling. Das können Sie zuversichtlich hoffen. Konsul

Werle betrinkt sich, soweit mir bekannt ist, nie; und er hat auch nicht die Angewohnheit, seine Ehefrauen zu verprügeln, wie das der selige Pferdedoktor tat.

Frau Sörby. Lassen wir doch Sörby ruhen, wo er ruht. Auch er hatte seine guten Seiten.

Relling. Ich könnte mir denken, daß Konsul Werle noch bessere Seiten hat.

Frau Sörby. Jedenfalls hat er das Beste in sich nicht weggeworfen. Ein Mann, der das tut, muß auch die Folgen tragen.

Relling. Heute abend geh ich mit Molvik saufen.

Frau Sörby. Das sollten Sie nicht tun, Relling. Tun Sie es nicht – mir zuliebe.

Relling. Muß sein. *(Zu Hjalmar.)* Wenn du Lust hast, mitzukommen, bitte sehr.

Gina. Nein, besten Dank. Auf so 'ne Touren geht Ekdal nicht mit.

Hjalmar *(leise und heftig).* So halt doch den Mund!

Relling. Leben Sie wohl, Frau – Werle! *(Geht hinaus.)*

Gregers *(zu Frau Sörby).* Es macht den Eindruck, als seien Sie mit Doktor Relling ziemlich gut bekannt.

Frau Sörby. Ja, wir kennen uns seit vielen Jahren. Es sah sogar einmal so aus, als hätte es mit uns beiden etwas werden können.

Gregers. Das war ja dann wirklich sehr gut für Sie, daß nichts daraus wurde.

Frau Sörby. Ja, das mögen Sie wohl sagen. Aber ich habe mich immer gehütet, unbedacht einem plötzlichen Gefühl nachzugeben. Schließlich kann sich eine Frau ja auch nicht einfach wegwerfen.

Gregers. Haben Sie eigentlich gar keine Angst, mein Vater könnte durch mich etwas von dieser alten Bekanntschaft erfahren?

Frau Sörby. Sie können sich doch wohl denken, daß ich ihm das selbst erzählt habe.

Gregers. Ach, wirklich?

Frau Sörby. Ihr Vater weiß bis ins kleinste alles, was die Leute mit irgendeinem Recht etwa über mich reden könnten. Das habe ich ihm alles erzählt, und zwar sofort, als er sich anmerken ließ, daß er Absichten hatte.

Gregers. Da sind Sie wirklich ungewöhnlich aufrichtig, scheint mir.

Frau Sörby. Ja, aufrichtig bin ich immer gewesen. Damit kommen wir Frauen am weitesten.

Hjalmar. Was sagst du dazu, Gina?

Gina. Ach, wir Frauen sind ja nu mal sehr verschieden. Manche halten es so, und manche so.

Frau Sörby. Ja, Gina, ich glaube aber doch, es ist das Klügste, es so zu halten, wie ich das getan habe. Und Werle hat seinerseits auch mit nichts hinterm Berg gehalten. Gerade dadurch sind wir uns so besonders nahegekommen, denn jetzt kann er so rückhaltlos offen mit mir reden wie ein Kind. Das hat er bisher nie gekonnt. Er, dieser gesunde, lebensfrohe Mann, bekam seine ganze Jugend und all seine besten Jahre hindurch immer nur Strafpredigten zu hören. Und oftmals handelte es sich dabei um Vergehen, die reine Einbildung waren – nach allem, was ich mir habe sagen lassen.

Gina. Ja, das ist so wahr wie nur was.

Gregers. Wenn die Damen auf dieses Thema zu sprechen kommen, dann ist es wohl besser, ich gehe.

Frau Sörby. Sie können unbesorgt bleiben; ich werde kein Wort mehr darüber verlieren. Ich wollte Sie nur gern darüber aufklären, daß ich nicht etwa heimlich oder listig zuwege gegangen bin. Es könnte ja so scheinen, als machte ich eine großartige Partie; und in gewisser Weise ist das ja auch der Fall. Und doch bin ich der Meinung, daß ich nicht mehr nehme, als ich gebe. Ich werde ihn gewiß niemals im Stich lassen. Und ihm dienen und nützlich sein wie kein anderer, das kann ich jetzt, da er doch nun bald hilflos sein wird.

Hjalmar. Hilflos?

Gregers *(zu Frau Sörby)*. Ja, ja – aber reden wir doch jetzt nicht davon.

Frau Sörby. Es hat keinen Sinn, es länger verheimlichen zu wollen, so gern er das auch möchte. Er wird blind.

Hjalmar *(stutzt)*. Er wird blind? Das ist doch sonderbar. Auch er wird blind?

Gina. Das werden ja so viele.

Frau Sörby. Und es ist ja wohl klar, was das gerade für einen Geschäftsmann bedeutet. Nun, ich werde versuchen, mit meinen Augen für ihn zu sehen, so gut ich kann. – Jetzt muß ich aber wirklich los, ich habe alle Hände voll zu tun. – Ach, richtig, das sollte ich Ihnen noch ausrichten, Ekdal: wenn Werle Ihnen mit irgend etwas behilflich sein könnte, so möchten Sie sich nur jederzeit an Gråberg wenden.

Gregers. Für dieses Anerbieten wird sich Hjalmar gewiß bedanken.

Frau Sörby. So? Ich hatte aber nicht den Eindruck, daß er bisher –

Gina. Nein, Berta, Ekdal hat es nu doch nicht mehr nötig, irgendwas von Konsul Werle anzunehmen.

Hjalmar *(langsam und mit Nachdruck).* Darf ich Sie bitten, Ihren künftigen Gemahl von mir zu grüßen, und ihm zu bestellen, daß ich beabsichtige, in allernächster Zeit zu Buchhalter Gråberg zu gehen –

Gregers. Was! Du wolltest wirklich –?

Hjalmar. – zu Buchhalter Gråberg zu gehen, sage ich, um von ihm einen Kontoauszug über den Betrag zu verlangen, den ich seinem Prinzipal schulde. Ich will diese Ehrenschuld bezahlen – hahaha, nennen wir es also eine Ehrenschuld! Doch genug davon. Ich werde alles bezahlen, mit fünf Prozent Zinsen.

Gina. Aber, mein guter Ekdal, dazu haben wir doch gar nicht das Geld.

Hjalmar. Sagen Sie bitte Ihrem Verlobten, daß ich unablässig an meiner Erfindung arbeite. Sagen Sie ihm, was meine Geisteskräfte bei dieser anstrengenden Beschäftigung aufrechterhielte, das sei der Wunsch, mir eine peinliche Schuldenlast vom Halse zu schaffen. Darum mache ich die Erfindung. Den gesamten Ertrag werde ich dafür verwenden, Ihrem künftigen Gatten zurückzuerstatten, was er für mich ausgelegt hat.

Frau Sörby. Hier in diesem Haus scheint offenbar irgend etwas vorgefallen zu sein.

Hjalmar. Ja, so ist es.

Frau Sörby. Na, dann will ich mich jetzt mal lieber verabschieden. Ich hatte eigentlich noch was mit dir zu besprechen, Gina; aber das machen wir dann ein andermal. Adieu.

(Hjalmar und Gregers verbeugen sich stumm; Gina begleitet Frau Sörby zur Tür).

Hjalmar. Nicht über die Schwelle, Gina! *(Frau Sörby geht; Gina macht die Tür wieder zu.)* Nun also, Gregers; jetzt habe ich doch diese bedrückende Schuld vom Halse.

Gregers. Jedenfalls bald.

Hjalmar. Ich glaube, man muß meine Haltung als korrekt bezeichnen.

Gregers. Du hast dich als der gezeigt, für den ich dich immer gehalten habe.

Hjalmar. In bestimmten Situationen ist es eben einfach nicht möglich, sich über die idealen Verpflichtungen hinwegzusetzen, so bitter schwer mir das als Ernährer meiner Familie auch wird. Denn du kannst mir glauben, daß es für einen unbemittelten Mann wahrhaftig keine Kleinigkeit ist, eine viele Jahre lang zurückliegende Schuld tilgen zu sollen, über die sich sozusagen schon der Staub des Vergessens gelegt hatte. Aber das mag nun sein, wie es will – der Mensch in mir verlangt auch sein Recht.

Gregers *(legt ihm die Hand auf die Schulter).* Lieber Hjalmar – war es nun nicht gut, daß ich kam?

Hjalmar. Ja, doch.

Gregers. Daß du volle Klarheit über alle Verhältnisse bekamst – war das nicht gut?

Hjalmar *(mit leichter Ungeduld).* Doch, sicher war das gut. Aber da ist eine Sache, die mich in meinem Gefühl für Gerechtigkeit beleidigt.

Gregers. Und was ist das?

Hjalmar. Ja, siehst du, das ist die Sache – ich weiß nicht, ob ich mich so unumwunden über deinen Vater äußern darf.

Gregers. Du brauchst auf mich nicht die geringste Rücksicht zu nehmen.

Hjalmar. Also gut. Ja, weißt du, es liegt für mich etwas so Empörendes in dem Gedanken, daß jetzt nicht *ich* es bin, sondern *er*, der die wahre Ehe verwirklicht.

Gregers. Aber wie kannst du nur so etwas sagen!

Hjalmar. Doch, so ist es. Dein Vater und Frau Sörby

gehen jetzt einen Ehebund ein, der auf vollkommenes Vertrauen gegründet ist, auf eine völlige und unbedingte Aufrichtigkeit von beiden Seiten. Keiner hat dem anderen irgend etwas verborgen; es gibt in diesem Verhältnis keinerlei Verschweigen; beide haben sich, wenn ich mich so ausdrücken darf, ihre Sünden gebeichtet und sich gegenseitig Absolution erteilt.

G r e g e r s. Nun, und?

H j a l m a r. Ja, siehst du, dann ist dort doch alles beisammen! Du hast selbst gesagt, all das Schwierige, das gehöre mit dazu, um die Grundlage für eine wahre Ehe zu schaffen.

G r e g e r s. Aber, Hjalmar, das liegt in diesem Falle doch alles ganz anders. Du wirst doch wohl nicht im Ernst dich oder deine Frau vergleichen wollen mit diesen beiden –? Du verstehst schon, was ich meine.

H j a l m a r. Es bleibt aber dabei, daß in alledem etwas liegt, was mich in meinem Gefühl für Recht und Gerechtigkeit bitter verletzt. Man bekommt ja geradezu den Eindruck, als gäbe es überhaupt gar keine richtende Vorsehung.

G i n a. Mein Gott, Ekdal, sowas mußt du aber wirklich nicht sagen.

G r e g e r s. Hm – lassen wir diese Fragen lieber auf sich beruhen.

H j a l m a r. Andererseits ist es mir freilich, als vermöchte ich dennoch deutlich den regulierenden Finger des Schicksals zu erkennen. Er wird ja blind.

G i n a. Ach, das ist vielleicht gar nicht so sicher.

H j a l m a r. Das ist ein unbezweifelbares Faktum. Jedenfalls sollten wir nicht daran zweifeln; denn gerade in diesem Faktum liegt ja die gerechte Vergeltung. Er hat einst einen arglosen Mitmenschen, ein Geschöpf Gottes, verblendet –

G r e g e r s. Leider nicht nur einen.

H j a l m a r. – und nun kommt der Unerbittliche, der Unerforschliche, und fordert des Konsuls eigene Augen.

G i n a. Nee, wie du so was Gräßliches nur sagen magst. Mir wird ganz angst und bange.

H j a l m a r. Es kann nicht schaden, sich gelegentlich auch einmal in die Nachtseiten des Daseins zu vertiefen.

(Hedwig, in Hut und Mantel, kommt fröhlich und atemlos vom Flur herein.)

G i n a. Bist du schon wieder da?

H e d w i g. Ja, ich mochte nicht mehr spazierengehen. Und das war gut; denn eben habe ich unten an der Haustür jemanden getroffen.

H j a l m a r. Das war sicher diese Frau Sörby.

H e d w i g. Ja.

H j a l m a r *(auf und ab gehend).* Ich hoffe, du hast sie das letztemal gesehen.

(Schweigen. Hedwig sieht verwirrt bald den einen, bald den anderen an, wie um die Stimmung zu erforschen; dann nähert sie sich schmeichelnd ihrem Vater.)

H e d w i g. Vater –

H j a l m a r. Ja – was ist, Hedwig?

H e d w i g. Frau Sörby hatte etwas für mich.

H j a l m a r *(bleibt stehen).* Für dich?

H e d w i g. Ja, was für morgen.

G i n a. Berta hat ja immer irgendeine Kleinigkeit zu deinem Geburtstag für dich gehabt.

H j a l m a r. Und was ist es?

H e d w i g. Nein, das erfährst du heute noch nicht; Mutter soll es mir nämlich morgen früh aufs Bett legen.

H j a l m a r. Ach, all diese heimlichen Machenschaften, von denen ich nichts erfahren soll!

H e d w i g *(eilig).* Nein, Vater, du darfst es gerne sehen. Es ist ein großer Brief. *(Holt den Brief aus der Manteltasche.)*

H j a l m a r. Ein Brief war auch dabei?

H e d w i g. Es war überhaupt nur der Brief. Das andere kommt sicher später. Aber denk doch – ein Brief! Ich hab noch nie in meinem Leben einen Brief bekommen. Und auf dem Umschlag steht »Fräulein«. *(Liest.)* »Fräulein Hedwig Ekdal.« Das bin ich!

H j a l m a r. Laß mich den Brief sehen.

H e d w i g. Da, bitte.

H j a l m a r. Das ist Konsul Werles Handschrift.

G i n a. Weißt du das genau, Ekdal?

H j a l m a r. Sieh selbst.

G i n a. Ach, auf sowas verstehe ich mich doch nicht.

H j a l m a r. Hedwig, darf ich den Brief öffnen – und lesen?

H e d w i g. Ja, gern, wenn du willst.

G i n a. Nein, Ekdal, nicht heute abend – das soll doch für morgen sein.

H e d w i g *(leise zu ihrer Mutter).* Ach, laß ihn den Brief doch lesen! Sicher steht was Gutes drin; dann freut sich Vater, und dann werden wir alle wieder fröhlich.

H j a l m a r. Ich darf ihn also aufmachen?

H e d w i g. Ja, bitte, lieber Vater.

H j a l m a r. Also gut. *(Öffnet den Brief, liest ihn und scheint verwirrt.)* Was ist das!

G i n a. Was steht denn drin?

H e d w i g. O ja, Vater – sag es!

H j a l m a r. Seid still! *(Liest den Brief nochmals; er ist blaß geworden, sagt aber mit Fassung.)* Dies hier ist eine Schenkungsurkunde, Hedwig.

H e d w i g. Ach, wirklich? Was bekomme ich denn?

H j a l m a r. Lies selbst.

H e d w i g *(geht zur Lampe und beginnt zu lesen).*

H j a l m a r *(ballt die Hände und sagt leise vor sich hin).* Die Augen! Die Augen! Und nun dieser Brief!

H e d w i g *(unterbricht die Lektüre).* Aber das ist ja für Großvater.

H j a l m a r *(nimmt den Brief wieder an sich).* Gina – begreifst du das da?

G i n a. Ich weiß ja überhaupt nicht, was drinsteht – nu sag's schon.

H j a l m a r. Konsul Werle schreibt Hedwig, daß ihr alter Großvater sich nicht mehr die Mühe mit der Schreibarbeit zu machen brauchte, sondern sich von nun an monatlich im Kontor hundert Kronen auszahlen lassen könnte –

G r e g e r s. Aha!

H e d w i g. Hundert Kronen, Mutter! Das steht da, ich hab's gelesen.

G i n a. Das ist ja schön für Großvater.

H j a l m a r. Hundert Kronen, und zwar so lange, wie er es braucht – das bedeutet natürlich, so lange, bis er seine Augen geschlossen hat.

G i n a. Da ist er ja nu für den Rest seines Lebens versorgt, der Arme.

H j a l m a r. Aber dann kommt es. Und das hast du nicht gelesen, Hedwig. Nach seinem Tode soll diese Schenkung auf dich übergehen.

H e d w i g. Auf mich? Alles?

H j a l m a r. Dir ist auf Lebenszeit die gleiche Summe zugesichert, schreibt er. Hörst du das, Gina?

G i n a. Ja doch, ich hab's gehört.

H e d w i g. Denk doch – all das Geld, was ich bekomme! *(Zieht ihn an der Jacke.)* Vater, lieber Vater, bist du nicht froh?

H j a l m a r *(weicht vor ihr zurück).* Froh! *(Geht mit großen Schritten umher.)* Oh, welche Ausblicke – welche Perspektiven eröffnen sich vor meinen Augen! Um Hedwig geht es! Sie ist es, die er so reichlich bedenkt!

G i n a. Naja, schließlich ist es doch Hedwig, die morgen Geburtstag hat –

H e d w i g. Und du bekommst es doch sowieso, Vater! Du kannst dir doch denken, daß ich alles Geld dir und Mutter geben werde.

H j a l m a r. Deiner Mutter, ja! Da haben wir es.

G r e g e r s. Hjalmar, das hier ist eine Falle, die man dir stellt.

H j a l m a r. Meinst du, auch dies sei wieder eine Falle?

G r e g e r s. Als mein Vater heute hier war, sagte er zu mir: Hjalmar Ekdal ist nicht der Mann, für den du ihn hältst.

H j a l m a r. Nicht der Mann –!

G r e g e r s. Du wirst sehen, sagte er.

H j a l m a r. Du würdest sehen, meinte er, daß ich mich mit Geld abspeisen lasse –!

H e d w i g. Mutter, was hat das alles denn nur zu bedeuten?

G i n a. Geh und zieh deinen Mantel aus.

(Hedwig, den Tränen nahe, geht durch die Küchentür hinaus.)

G r e g e r s. Ja, Hjalmar – jetzt wird sich zeigen, wer recht hatte, er oder ich.

H j a l m a r *(reißt den Brief langsam in der Mitte durch und legt die beiden Hälften auf den Tisch).* Hier ist meine Antwort.

G r e g e r s. Ich hatte es nicht anders erwartet.

H j a l m a r *(geht zu Gina, die beim Ofen steht, und sagt mit gedämpfter Stimme).* Und jetzt keine Heimlichkeiten mehr. Wenn es wirklich zwischen dir und ihm aus und vorbei war, als du mich kennenlerntest und so viel für mich übrighattest, wie du es nanntest – was bewog ihn dann, uns die Möglichkeit zu geben, zu heiraten?

Gina. Er dachte wohl, er würde hier im Haus ein- und ausgehen können.

Hjalmar. Nur deshalb? Befürchtete er nicht eine gewisse Möglichkeit?

Gina. Ich weiß nicht, was du meinst.

Hjalmar. Ich will wissen, ob – dein Kind das Recht hat, unter meinem Dach zu leben.

Gina *(reckt sich auf, mit blitzenden Augen)*. Und das fragst du!

Hjalmar. Du sollst mir nur auf diese Frage antworten: ist Hedwig mein Kind – oder –? Antworte!

Gina *(sieht ihn trotzig und feindlich an)*. Das weiß ich nicht!

Hjalmar *(mit leicht bebender Stimme)*. Du weißt es nicht!

Gina. Wie soll ich das wissen können? So eine wie ich –

Hjalmar *(wendet sich von ihr und sagt still)*. Dann habe ich hier in diesem Haus nichts mehr zu schaffen.

Gregers. Hjalmar – bedenke, was du tust!

Hjalmar *(zieht seinen Mantel an)*. Für einen Mann wie mich gibt es dabei nichts mehr zu bedenken.

Gregers. Doch, Hjalmar, hier ist so unsäglich viel zu bedenken. Ihr drei müßt beisammen sein, wenn du dich durchringen sollst zum Opfermut großherzigen Verzeihens.

Hjalmar. Ich will nicht. Nie, niemals! Meinen Hut! *(Nimmt ihn)*. Das Heim, das mich umgab, ist eingestürzt und in den Staub gesunken. *(Bricht in Tränen aus.)* Gregers, ich habe kein Kind mehr!

Hedwig *(die von der Küche hereinkommt)*. Vater, was sagst du da! *(Zu ihm hinstürzend.)* Vater, Vater!

Gina. Sieh dir das an!

Hjalmar. Komm mir nicht in meine Nähe, Hedwig! Geh weit weg. Ich ertrage deinen Anblick nicht. Oh, die Augen –! Lebt wohl. *(Will zur Tür.)*

Hedwig *(hält ihn fest und schreit)*. Nein, nein! Geh nicht fort von mir!

G i n a *(ruft).* Sieh doch das Kind, Ekdal! Sieh das Kind an!

H j a l m a r. Ich will nicht! Ich kann nicht! Ich muß fort – fort von all dem hier! *(Er reißt sich von Hedwig los und geht hinaus.)*

H e d w i g *(verzweifelt).* Er geht fort, Mutter! Er geht fort von uns! Er kommt nie mehr wieder!

G i n a. Nu weine man nicht, Hedwig. Vater kommt bestimmt wieder.

H e d w i g *(wirft sich laut weinend auf das Sofa).* Nein, nein, er kommt nie mehr zu uns nach Haus.

G r e g e r s. Glauben Sie mir, Frau Ekdal – ich habe wirklich nur das Beste gewollt.

G i n a. Ja, fast möchte ich Ihnen das glauben; und doch – Gott verzeihe Ihnen.

H e d w i g *(auf dem Sofa liegend).* Oh, ich glaube, ich muß sterben! Was habe ich ihm denn getan? Mutter, du mußt ihn wieder nach Haus holen!

G i n a. Ja, ja, ja; nu beruhige dich doch bloß, dann geh ich und seh, ob ich ihn finde. *(Zieht den Mantel an.)* Vielleicht ist er ja bei Relling. Aber dann mußt du nicht hier liegen und heulen. Versprichst du mir das?

H e d w i g *(krampfhaft schluchzend).* Ja, ich will nicht mehr weinen; wenn nur Vater wiederkommt.

G r e g e r s *(zu Gina, die gehen will).* Wäre es nicht vielleicht doch besser, wenn Sie ihn erst seinen bitteren Kampf zu Ende kämpfen ließen?

G i n a. Ach, das kann er später machen. Jetzt müssen wir vor allem erst mal sehn, daß wir das Kind beruhigen. *(Geht durch die Flurtür hinaus.)*

H e d w i g *(setzt sich im Sofa auf und wischt sich die Tränen ab).* Und jetzt sollen Sie mir sagen, was das alles zu bedeuten hat. Warum will mein Vater nichts mehr von mir wissen?

G r e g e r s. Danach sollen Sie erst fragen, wenn Sie groß und erwachsen sind.

H e d w i g *(schluckt).* Aber ich kann doch nicht die ganze Zeit, bis ich groß und erwachsen bin, so entsetzlich traurig sein. – Ich weiß schon, was es ist. Vielleicht bin ich gar nicht Vaters richtiges Kind.

G r e g e r s *(unruhig).* Wie sollte das denn zugehen?

Hedwig. Mutter kann mich ja gefunden haben. Und vielleicht hat Vater das jetzt erfahren; sowas habe ich nämlich mal gelesen.

Gregers. Nun, selbst wenn es so sein sollte –

Hedwig. Ja, ich finde auch, deshalb könnte er mich doch genauso gern haben – eher sogar noch mehr. Die Wildente haben wir doch auch von andern Leuten geschenkt bekommen, und trotzdem hänge ich so sehr an ihr.

Gregers *(ablenkend)*. Ja, die Wildente, das ist wahr! Reden wir ein wenig von der Wildente.

Hedwig. Die arme Wildente. Die mag er auch nicht mehr sehen. Denken Sie nur, er möchte ihr am liebsten den Hals umdrehen!

Gregers. Ach, das wird er aber doch bestimmt nicht tun.

Hedwig. Nein, aber gesagt hat er es. Und das fand ich gar nicht schön von Vater; denn ich bete jeden Abend für die Wildente und bitte Gott, daß er sie vor dem Tod und allem, was schlimm ist, bewahren möge.

Gregers *(sieht sie an)*. Beten Sie abends immer?

Hedwig. Ja.

Gregers. Wer hat Sie denn dazu angehalten?

Hedwig. Niemand, das habe ich mir selber angewöhnt. Einmal, da war Vater so krank, und der Doktor setzte ihm Blutegel am Halse an; und da sagte Vater, der Tod säße ihm im Nacken.

Gregers. Nun, und da?

Hedwig. Da habe ich, als ich zu Bett gegangen war, für ihn gebetet. Und seitdem hab ich es beibehalten.

Gregers. Und für die Wildente beten Sie jetzt also auch?

Hedwig. Ja, ich fand, es sei das beste, die Wildente in das Gebet mit einzuschließen; denn in der ersten Zeit war sie ja so schwach und kränklich.

Gregers. Dann beten Sie wohl am Morgen auch?

Hedwig. Nein, morgens doch nicht.

Gregers. Und warum nicht?

Hedwig. Morgens, da ist es doch hell, da gibt es doch nichts, wovor man Angst haben könnte.

Gregers. Und Ihrer Wildente, die Sie so ins Herz geschlossen haben, der wollte Ihr Vater den Hals umdrehen?

Hedwig. Nein, er sagte, es sei das beste für ihn, wenn er es tun würde; aber mir zuliebe wollte er ihr nichts zuleide tun – und das war doch wieder nett von Vater.

Gregers *(leise und eindringlich)*. Aber wenn nun Sie freiwillig die Wildente opferten – ihm zuliebe?

Hedwig *(steht auf)*. Die Wildente?

Gregers. Ja, wenn Sie nun das Teuerste, was Sie auf der Welt haben, opferbereit für ihn hingeben würden?

Hedwig. Glauben Sie, das würde helfen?

Gregers. Versuchen Sie es, Hedwig.

Hedwig *(leise, mit leuchtenden Augen)*. Ja, ich will es versuchen.

Gregers. Und Sie fühlen die Kraft in sich, es auch wirklich zu tun?

Hedwig. Ich werde Großvater bitten, daß er sie für mich totschießt.

Gregers. Ja, tun Sie das. Aber sagen Sie Ihrer Mutter kein Wort davon!

Hedwig. Warum denn nicht?

Gregers. Sie versteht uns nicht.

Hedwig *(für sich)*. Die Wildente? Ja, morgen früh will ich es versuchen.

(Gina kommt vom Flur herein.)

Hedwig *(sich ihr zuwendend)*. Hast du ihn gefunden, Mutter?

Gina. Nein; aber ich hab gehört, daß er bei Relling war und mit ihm losgezogen ist.

Gregers. Wissen Sie das genau?

Gina. Ja, das hat mir die Portiersfrau erzählt. Molvik war auch mit, hat sie gesagt.

Gregers. Und das in einem Augenblick, da seine Seele so danach verlangt, einsam zu ringen –

Gina *(zieht den Mantel aus)*. Ja, die Mannsleute, die sind schon sonderbar. Wer weiß, wo der Relling nu mit ihm hin ist! Ich bin eben mal rübergelaufen zu Madame Eriksen – aber da waren sie nicht.

Hedwig *(mit den Tränen kämpfend)*. Oh – wenn er nun nie mehr nach Haus kommt!

Gregers. Er kommt wieder nach Haus. Morgen werde ich ihm Botschaft überbringen; und Sie sollen sehen, *wie* er dann nach Haus geeilt kommt. Glauben Sie mir, Hedwig, und schlafen Sie getrost. Gute Nacht. *(Geht hinaus.)*

Hedwig *(fällt Gina schluchzend um den Hals)*. Mutter, Mutter!

Gina *(klopft ihr beruhigend auf den Rücken und seufzt)*. Ach ja; der Relling, der hatte wirklich recht. Das hat man davon, wenn solche verrückten Leute ankommen und einem diese komische Forderung unter die Nase halten.

FÜNFTER AKT

Hjalmar Ekdals Atelier. Von draußen fällt ein kaltes, graues Morgenlicht herein, auf den großen Scheiben des Atelierfensters liegt nasser Schnee.

Gina, eine Schürze vorgebunden, kommt mit einem Staubbesen und einem Wischtuch aus der Küche herein und geht zur Tür der Wohnstube. In diesem Augenblick kommt Hedwig rasch vom Flur herein.

Gina *(bleibt stehen)*. Na?

Hedwig. Ja, Mutter, ich glaube fast, er ist unten bei Relling –

Gina. Na, siehst du!

Hedwig. – ja, denn die Portiersfrau sagte, wie Relling heute nacht nach Hause gekommen wäre, da hätte er noch zwei andere bei sich gehabt.

Gina. Das hatte ich mir doch gedacht.

Hedwig. Aber es nützt ja nichts, wenn er nicht zu uns raufkommen will.

Gina. Ich werde jedenfalls mal runtergehn und mit ihm reden.

(Der alte Ekdal, in Schlafrock und Pantoffeln und mit brennender Pfeife, kommt aus seinem Zimmer herein.)

Ekdal. Sag mal, Hjalmar – ist Hjalmar nicht zu Haus?

Gina. Nein, er ist weggegangen.

E k d a l. So zeitig? Und bei diesem Schneetreiben? Ja, ja, bitte sehr; ich kann meinen Morgenspaziergang auch alleine machen. *(Er öffnet die Schiebetür zum Boden; Hedwig hilft ihm dabei; er geht hinein; sie schiebt hinter ihm wieder zu.)*

H e d w i g *(halblaut).* Denk doch bloß, Mutter, wenn der arme Großvater nun hört, daß Vater von uns fort will.

G i n a. Ach was; Großvater braucht davon überhaupt nichts zu hören. Wirklich ein Glück, daß er gestern nicht zu Hause war und von dem ganzen Spektakel nichts mitgekriegt hat.

H e d w i g. Ja, aber –

(Gregers kommt durch die Tür zum Flur herein.)

G r e g e r s. Nun? Haben Sie seine Spur gefunden?

G i n a. Er soll unten bei Relling sein.

G r e g e r s. Bei Relling! Ist er tatsächlich mit diesen Menschen unterwegs gewesen?

G i n a. Muß er ja wohl.

G r e g e r s. Ja, aber – er, der es so bitter nötig hatte, allein zu sein, um in der Einsamkeit ernstlich mit sich zu Rate zu gehen –

G i n a. Ja, das mögen Sie wohl sagen.

(Relling kommt vom Flur herein.)

H e d w i g *(geht ihm eilig entgegen).* Ist Vater bei Ihnen?

G i n a *(gleichzeitig).* Ist er da?

R e l l i n g. Ja, freilich ist er bei mir.

H e d w i g. Und da sagen Sie uns gar nichts davon!

R e l l i n g. Ja, ich bin ein Aas. Aber erst mußte ich auf das andere Aas aufpassen – ich meine natürlich ihn, den Dämonischen; und dann bin ich so fest eingeschlafen, daß ich –

G i n a. Was sagt Ekdal denn heute?

R e l l i n g. Gar nichts sagt er.

H e d w i g. Spricht er überhaupt nicht?

R e l l i n g. Kein einziges Wort.

G r e g e r s. Nein, nein; das verstehe ich sehr gut.

G i n a. Aber was macht er denn bloß?

R e l l i n g. Er liegt auf dem Sofa und schnarcht.

G i n a. So? Ja, Ekdal, der kann entsetzlich schnarchen.

H e d w i g. Er schläft? Er kann schlafen?

Relling. Ja, den Eindruck macht es allerdings.

Gregers. Das ist ja begreiflich – nach dem Kampf, der sich in seinem Inneren abgespielt hat –

Gina. Und außerdem ist er das ja gar nicht gewöhnt, sich so die Nacht um die Ohren zu schlagen.

Hedwig. Vielleicht ist es ganz gut, Mutter, daß er jetzt schläft.

Gina. Das glaube ich auch. Und deshalb wollen wir ihn ruhig noch 'ne Weile schlafen lassen. Besten Dank, Relling. Jetzt muß ich hier erst mal die Wohnung ein bißchen in Ordnung bringen, und dann – Komm und hilf mir, Hedwig.

(Gina und Hedwig gehen in die Wohnstube.)

Gregers *(sich an Relling wendend).* Könnten Sie mir wohl etwas über den geistigen Aufruhr sagen, der sich in Hjalmar Ekdals Seele jetzt abspielt?

Relling. Von irgendeinem geistigen Aufruhr habe ich, so wahr ich hier stehe, nichts bei ihm feststellen können.

Gregers. Wie! In einem so entscheidenden Augenblick, da sein ganzes Leben auf eine neue Grundlage gestellt wird, an einem solchen Wendepunkt! Wie können Sie glauben, daß eine Persönlichkeit wie Hjalmar –

Relling. Ach, wissen Sie – der und Persönlichkeit? Sollte er jemals irgendwelche Ansätze zu derartigen Abnormitäten besessen haben, die Sie Persönlichkeit nennen, so sind diese Ansätze schon in seinen Knabenjahren gründlich entfernt worden, mit Stumpf und Stiel – das kann ich Ihnen versichern.

Gregers. Das sollte mich doch sehr wundern – bei der liebevollen Erziehung, die er genossen hat.

Relling. Meinen Sie, von seiten dieser beiden alten hysterischen Jungfrauen, seiner Tanten?

Gregers. Nun, das waren jedenfalls Frauen, die die ideale Forderung niemals außer acht ließen – ja, jetzt werden Sie sich sicher wieder über mich lustig machen.

Relling. Nee, bin heute nicht aufgelegt dazu. Übrigens bin ich sehr gut informiert; denn er hat mir eine ganze Menge unverdauten, phrasenhaften Unsinn über diese seine »zween-Seelenmütter« vorgesetzt. Aber ich glaube nicht, daß er ihnen zu besonderem Dank verpflichtet ist.

Ekdals Unglück ist, daß man ihn in seinem Kreise immer für ein großes Licht gehalten hat –

Gregers. Und ist er das etwa nicht? Ich meine, was die Tiefe seines Gemütes angeht?

Relling. Ich jedenfalls habe davon nie etwas bemerkt. Daß sein Vater der Meinung war – na schön; der Alte war ja sein Leben lang ein Trottel.

Gregers. Er war und blieb ein Mann mit einem kindlichen Gemüt; und das ist es eben, was Sie nicht begreifen können.

Relling. Ja, ja, meinetwegen! Aber als es nun der liebe, süße Hjalmar irgendwie doch geschafft hatte, Student zu werden, da galt er auch unter seinen Kameraden gleich wieder als das große Zukunftslicht. Hübsch war er ja, der Nichtsnutz – wie Milch und Blut – so, wie die kleinen Mädchen die Kerle am liebsten haben wollen; und da er nun mal dieses leicht gerührte Gemüt hatte und diesen gewinnenden Charme in der Stimme, und da er es so gut verstand, anderer Leute Verse und Gedanken zu deklamieren –

Gregers *(vorwurfsvoll)*. Sprechen Sie so von Hjalmar Ekdal?

Relling. Jawohl, mit Ihrer Erlaubnis; denn so sieht es von innen aus, das Götzenbild, vor dem Sie mit der Nase im Staub liegen.

Gregers. Ich war eigentlich nicht der Meinung, so gänzlich blind zu sein.

Relling. Doch, so ziemlich. Denn, sehen Sie, auch Sie sind eben ein kranker Mann.

Gregers. Da haben Sie recht.

Relling. Ja, freilich. Und Sie sind sogar ein komplizierter Fall. Zunächst ist da also dieses lästige Rechtschaffenheitsfieber; und dazu kommt etwas, was noch schlimmer ist – Sie befinden sich in einem beständigen Anbetungsdelirium; immer müssen Sie außerhalb Ihrer selbst etwas haben, was Sie bewundern können.

Gregers. Ja, außerhalb meiner selbst muß ich es allerdings schon suchen.

Relling. Aber Sie täuschen sich ganz gewaltig in den großen Wunderfliegen, die Sie um sich her zu sehen und zu hören meinen. Sie sind auch diesmal wieder mit Ihrer idealen Forderung in eine ärmliche Kate gekommen; hier in diesem Haus wohnen keine solventen Leute.

Gregers. Wenn Sie von Hjalmar Ekdal wirklich so gering denken, wie können Sie dann irgendeine Freude daran finden, dauernd mit ihm zusammen zu sein?

Relling. Ja, mein Gott, ich soll ja schließlich, zu meiner Schande sei's gesagt, so 'ne Art Doktor sein; und da muß ich mich doch wohl der armen Kranken annehmen, die mit mir im selben Haus wohnen.

Gregers. Was Sie nicht sagen! Ist Hjalmar Ekdal denn auch krank?

Relling. Die Leute sind so ziemlich alle miteinander krank, leider.

Gregers. Und was für eine Kur wenden Sie denn bei Hjalmar an?

Relling. Meine übliche. Ich sorge dafür, daß das Flämmchen der Lebenslüge in ihm nicht erlischt.

Gregers. Der Lebenslüge? Ich habe wohl nicht richtig gehört?

Relling. Doch, ich sagte Lebenslüge. Denn, sehen Sie, die Lebenslüge, das ist das stimulierende Prinzip.

Gregers. Darf ich fragen, was das für eine Lebenslüge ist, mit der Hjalmar behaftet ist?

Relling. Ich denke nicht daran; ein solches ärztliches Geheimnis verrate ich doch keinem Kurpfuscher. Sie wären imstande, mir meinen Patienten noch mehr zu versauen. Aber die Methode ist probat. Ich habe sie auch bei Molvik angewandt. Dem habe ich eingeredet, er wäre »dämonisch«.

Gregers. Wie – er ist also gar nicht dämonisch.

Relling. Ja, zum Kuckuck, was soll das schon heißen: dämonisch! Das ist doch nur so ein Unfug, den ich mir ausgedacht habe, damit der Kerl mir nicht abkratzt. Denn wenn ich ihm das nicht eingeredet hätte, dann wäre das arme, nette Schwein schon vor Jahren verzweifelt und voller Abscheu vor sich selbst in die Grube gefahren. Oder nehmen wir mal den alten Ekdal! Aber der hat ja tatsächlich selbst die richtige Kur für sich herausgefunden.

Gregers. Hauptmann Ekdal? Was ist mit dem?

Relling. Ja, was sagen Sie denn dazu, daß er, der Bärenjäger, da drin auf dem Boden herumgeht und Kaninchen jagt? Es gibt auf der ganzen Welt keinen glücklicheren Schützen als ihn, den alten Mann, wenn er zwischen all dem Gerümpel herumkriechen kann. Die vier oder fünf vertrockneten Weihnachtsbäume, die er sich da reingeschleppt hat, die sind für ihn dasselbe wie der ganze, große, grüne Wald von Höydal; der Hahn und die Hennen, das sind Auerhähne, die in den Wipfeln der Kiefern sitzen; und die Kaninchen, die über den Boden hoppeln, das sind Bären, auf die er sich anpirscht, der rüstige alte Knacker.

Gregers. Ja, der unglückliche alte Hauptmann Ekdal. Er hat freilich auf manches seiner Jugendideale Verzicht leisten müssen.

Relling. Ach, da wir gerade davon reden, Herr Werle junior: warum verwenden Sie eigentlich das ausländische Wort »Ideale«? Wir haben doch dafür das gute, einheimische Wort: Lügen.

Gregers. Meinen Sie, diese beiden Dinge seien miteinander verwandt?

Relling. Ja, ungefähr wie Typhus und Faulfieber.

Gregers. Doktor Relling – ich ruhe nicht eher, als bis ich Hjalmar aus Ihren Klauen errettet habe!

Relling. Das wäre das Schlimmste, was ihm passieren könnte. Wenn Sie einem Durchschnittsmenschen seine Lebenslüge nehmen, so bringen Sie ihn gleichzeitig um sein Glück. *(Zu Hedwig, die aus der Wohnstube hereinkommt.)* Na, kleine Wildentenmutter, jetzt werde ich mal nach unten gehn und nachsehn, ob dein Vater noch immer auf dem Sofa liegt und über seine merkwürdige Erfindung nachdenkt. *(Geht hinaus.)*

Gregers *(geht auf Hedwig zu)*. Ich sehe Ihnen an, daß es noch nicht vollbracht ist.

Hedwig. Was denn? Ach, das mit der Wildente. Nein.

Gregers. Die Kraft hat Sie vermutlich verlassen, als der Vorsatz umgesetzt werden sollte in die Tat.

Hedwig. Nein, so war es auch wieder nicht. Aber als ich heute früh wach wurde und mir wieder einfiel, worüber wir gestern gesprochen hatten, da kam es mir so sonderbar vor.

Gregers. Sonderbar?

Hedwig. Ja, ich weiß auch nicht – gestern abend, so im ersten Augenblick, da hatte es so was Wunderbares für mich; aber als ich geschlafen hatte und es mir dann wieder einfiel, da fand ich es gar nicht mehr so besonders.

Gregers. Nein, nein – Sie sind wohl auch nicht hier aufgewachsen, ohne irgendwo Schaden genommen zu haben.

Hedwig. Ach, daraus mache ich mir nichts; wenn nur Vater wieder heraufkommen würde, dann –

Gregers. Oh, wären Ihnen doch in Wahrheit die Augen geöffnet für das, was dem Leben seinen Wert gibt – hätten Sie den wahren, frohen Mut, ein Opfer zu bringen, so sollten Sie sehen, wie rasch er zu Ihnen zurückkommt – Aber noch glaube ich an Sie, Hedwig. *(Geht hinaus.)*

(Hedwig geht eine Weile nachdenklich im Zimmer umher; wie sie in die Küche gehen will, klopft es von innen an der Schiebetür; Hedwig geht hin und öffnet die Schiebetür einen Spalt; der alte Ekdal kommt vom Boden herein; Hedwig schiebt die Tür wieder zu.)

Ekdal. Hm – macht nicht viel Spaß, den Morgenspaziergang allein zu machen.

Hedwig. Hattest du denn keine Lust, auf die Jagd zu gehen, Großvater?

Ekdal. Kein Jagdwetter heute. Viel zu dunkel. Man sieht kaum die Hand vor den Augen.

Hedwig. Hast du eigentlich nie Lust, mal was anderes zu schießen als Kaninchen?

Ekdal. Sind die Kaninchen vielleicht nicht gut genug?

Hedwig. Na ja, aber – die Wildente?

Ekdal. Hoho; hast du etwa Angst, daß ich deine Wildente totschieße? Nie und nimmer, hörst du. Niemals.

Hedwig. Nein, das könntest du wohl auch nicht; das soll nämlich sehr schwer sein, Wildenten zu schießen.

Ekdal. Könnte ich nicht? Sollte doch meinen, daß ich das könnte.

Hedwig. Wie würdest du es denn machen, Großvater – ich meine, nicht bei meiner Wildente, sondern bei andern?

Ekdal. Würde sehen, daß ich sie unter die Brust treffe, verstehst du; denn das ist das sicherste. Und außerdem soll man nicht in der Richtung schießen, wie die Federn liegen, weißt du – sondern *gegen* die Federn.

Hedwig. Sind sie dann tot, Großvater?

Ekdal. Und ob sie dann tot sind – wenn man sie nur richtig trifft. Hm; aber jetzt muß ich mich wohl ein bißchen fein machen – weißt schon – hm. *(Geht in sein Zimmer.)*

(Hedwig steht eine Weile unschlüssig da, wirft einen Blick zur Tür des Zimmers ihres Großvaters, geht zum Regal, hebt sich auf die Zehenspitzen, nimmt die doppelläufige Pistole von oben herunter und betrachtet sie. In diesem Augenblick kommt Gina, mit Staubbesen und Wischtuch, aus der Wohnstube herein. Hedwig legt die Pistole rasch und unbemerkt auf das Regal zurück.)

Gina. Kram da nicht in Vaters Sachen rum, Hedwig.

Hedwig *(entfernt sich vom Regal)*. Ich wollte nur ein wenig aufräumen.

Gina. Geh lieber mal in die Küche und sieh nach, ob der Kaffee warm bleibt; ich will das Frühstückstablett mitnehmen, wenn ich zu ihm runtergehe.

(Hedwig geht hinaus in die Küche; Gina fängt an, im Atelier sauberzumachen. Nach einer Weile wird die Flurtür zögernd geöffnet, und Hjalmar Ekdal sieht herein; er ist im Mantel, aber ohne Hut, ungewaschen und mit wirrem, ungekämmtem Haar; sein Blick ist leicht verglast.)

Gina *(bleibt unbeweglich stehen, den Staubbesen in der Hand, und sieht zu ihm hin)*. Ach, Ekdal – kommste nu doch?

Hjalmar *(kommt herein und antwortet mit dumpfer Stimme)*. Ich komme – um auf der Stelle wieder zu verschwinden.

Gina. Ja ja; das kann ich mir schon denken. Aber, du lieber Gott – wie siehst du bloß aus!

Hjalmar. Wie ich aussehe?

Gina. Und dein schöner Wintermantel! Na, der hat ja ordentlich was abgekriegt.

Hedwig *(erscheint an der Küchentür)*. Mutter, soll ich nicht – *(Sieht ihren Vater, stößt einen Freudenschrei aus und läuft auf ihn zu.)* Vater, Vater!

Hjalmar *(wendet sich weg und macht eine heftige ab-*

wehrende Handbewegung). Fort, fort! fort! *(Zu Gina.)* Schaff sie mir aus den Augen, sag ich!

Gina *(leise).* Geh rein in die Wohnstube, Hedwig.

(Hedwig geht still hinein.)

Hjalmar *(zieht hastig die Tischschublade auf.)* Meine Bücher muß ich mithaben. Wo sind meine Bücher?

Gina. Was für Bücher denn?

Hjalmar. Meine wissenschaftlichen Werke, was denn sonst – die technischen Zeitschriften, die ich für die Erfindung brauche.

Gina *(sucht im Regal).* Sind das die hier, wo kein Deckel drum ist?

Hjalmar. Ja, natürlich sind sie das.

Gina *(legt einen Stoß Zeitschriften auf den Tisch).* Soll Hedwig sie nicht für dich aufschneiden?

Hjalmar. Es bedarf keines Aufschneidens für mich.

(Kurze Pause.)

Gina. Es bleibt also wirklich dabei, Ekdal, daß du von uns wegziehn willst?

Hjalmar *(kramt zwischen den Büchern).* Ja, das versteht sich doch wohl von selbst, scheint mir.

Gina. Ja, ja.

Hjalmar *(heftig).* Oder soll ich etwa hier bleiben, wo mir täglich und stündlich das Herz durchbohrt wird!

Gina. Gott verzeih dir, daß du sowas Schlechtes von mir denken kannst.

Hjalmar. Beweise es!

Gina. Mir scheint, du solltest beweisen.

Hjalmar. Bei deiner Vergangenheit? Es gibt gewisse Verpflichtungen – ja, fast möchte ich sagen: ideale Anforderungen –

Gina. Ja, und Großvater? Was soll er denn dann machen, der Arme?

Hjalmar. Ich kenne meine Pflicht; der hilflose Greis kommt mit mir. Ich will in die Stadt und Anstalten treffen – hm. *(Zögernd.)* Hat eigentlich niemand meinen Hut auf der Treppe gefunden?

Gina. Nein – hast du deinen Hut verloren?

Hjalmar. Ich hatte ihn natürlich auf, als ich heute nacht

kam, das steht außer Frage; aber ich konnte ihn heute früh nicht finden.

Gina. Mein Gott, wo bist du denn bloß gewesen mit den beiden Saufbrüdern?

Hjalmar. Frag mich doch nicht nach so unwesentlichen Dingen. Meinst du, ich sei in der Stimmung, mich an Einzelheiten zu erinnern?

Gina. Wenn du dich man bloß nicht verkühlt hast, Ekdal. *(Geht hinaus in die Küche.)*

Hjalmar *(vor sich hin, leise und wütend, während er die Schublade ausräumt)*. Du bist ein Schuft, Relling! – Ein Gauner bist du! – Oh, du schändlicher Verführer! – Wahrhaftig, ich wollte, ich könnte dich umbringen lassen! *(Er legt einige alte Briefe beiseite, findet den entzweigerissenen Brief von gestern, nimmt ihn in die Hand, sieht darauf und legt ihn rasch wieder fort, da Gina hereinkommt.)*

Gina *(stellt ein Frühstückstablett auf den Tisch)*. Da ist ein Schluck warmer Kaffee, falls du vielleicht Lust darauf hast. Außerdem Brutterbrot und ein bißchen Pökelfleisch.

Hjalmar *(wirft einen Blick auf das Tablett)*. Pökelfleisch? Nie und nimmer unter diesem Dach! Ich habe freilich seit fast vierundzwanzig Stunden keinerlei Nahrung zu mir genommen; aber das macht nichts. Meine Aufzeichnungen! Meine angefangenen Lebenserinnerungen! Wo finde ich mein Tagebuch und meine wichtigsten Papiere? *(Öffnet die Tür zur Wohnstube und weicht zurück.)* Auch dort ist sie!

Gina. Ja, mein Gott, irgendwo muß das Kind doch schließlich sein.

Hjalmar. Geh hinaus! *(Er tritt zur Seite, Hedwig kommt ängstlich und verschüchtert ins Atelier.)*

Hjalmar *(die Hand an der Klinke, zu Gina)*. In den letzten Augenblicken, die ich in meinem einstigen Heim zubringe, wünsche ich verschont zu bleiben vom Anblick irgendwelcher Personen, die hier nichts zu suchen haben – *(Geht in die Wohnstube hinein.)*

Hedwig *(macht einen Satz auf ihre Mutter zu und fragt leise, mit bebender Stimme)*. Hat er damit mich gemeint?

Gina. Bleib in der Küche, Hedwig; oder nein – geh lieber in deine Kammer. *(Zu Hjalmar, während sie zu ihm hin-*

geht.) Nu wühl doch nicht so in der Kommode, Ekdal; ich weiß, wo alles liegt.

Hedwig *(steht einen Augenblick unbeweglich, in ratloser Angst, und beißt die Lippen zusammen, um das Weinen zu ersticken; dann schließt sie die Hände krampfhaft zur Faust und sagt leise).* Die Wildente! *(Sie geht leise an das Regal, holt die Pistole herunter, öffnet die Tür zum Boden einen Spalt breit, schlüpft hinein und zieht die Tür hinter sich wieder zu. – Aus der Wohnstube ist ein beginnender Disput zwischen Hjalmar und Gina zu hören.)*

Hjalmar *(kommt ins Atelier, in der Hand einige Schreibhefte und alte lose Blätter, die er auf den Tisch legt.)* Ach, was soll ich denn mit der Reisetasche anfangen! Es sind ja tausenderlei Dinge, die ich mitschleppen muß.

Gina *(kommt mit der Reisetasche aus der Wohnstube).* Dann laß doch alles andre erst mal hier – und nimm jetzt nur ein Hemd und eine Unterhose mit.

Hjalmar. Oh – diese anstrengenden Vorbereitungen! *(Zieht den Mantel aus und wirft ihn auf das Sofa.)*

Gina. Und nu wird auch noch der Kaffee kalt.

Hjalmar. Hm. *(Trinkt unwillkürlich einen Schluck, und dann noch einen.)*

Gina *(während sie mit dem Lappen die Stuhllehnen abwischt).* Das Schwierigste wird ja nu für dich, so einen großen Bodenraum für die Kaninchen zu finden.

Hjalmar. Was denn – soll ich etwa die Kaninchen auch noch mitschleppen?

Gina. Ich weiß ja nicht – aber Großvater kann doch nicht gut ohne seine Kaninchen sein.

Hjalmar. Daran wird er sich wohl oder übel gewöhnen müssen. Es sind wichtigere Lebensgüter als Kaninchen, auf die *ich* Verzicht leisten muß.

Gina *(wischt Staub im Regal).* Soll ich dir die Flöte in die Reisetasche legen?

Hjalmar. Nein – keine Flöte für mich. Aber gib mir die Pistole mit!

Gina. Ach, Ekdal, willst du das Ding wirklich mitnehmen?

Hjalmar. Ja – meine geladene Pistole.

Gina *(sucht danach).* Die ist weg. Er muß sie mit reingenommen haben.

H j a l m a r. Ist er drin auf dem Boden?

G i n a. Ja, sicher ist er drin.

H j a l m a r. Hm – der einsame Greis. *(Nimmt ein Stück Brot, ißt es und trinkt die Kaffeetasse leer.)*

G i n a. Wenn wir nu das Zimmer nicht vermietet hätten, hättest du jetzt da reinziehen können.

H j a l m a r. Ich sollte unter einem Dache wohnen bleiben mit – nein, niemals! Nie und nimmer!

G i n a. Aber könntest du denn nicht vielleicht für einen Tag oder zwei in die Wohnstube ziehen? Da hättest du alles beieinander und wärst völlig ungestört.

H j a l m a r. In den Mauern dieser Wohnung – nimmermehr!

G i n a. Na, wie wär's denn dann unten bei Relling und Molvik?

H j a l m a r. Sprich mir nicht von diesen Menschen! Mir vergeht der Appetit, wenn ich nur an sie denke. – O nein, mir bleibt keine Wahl, ich muß hinaus in den Sturm und in den Schnee – muß von Haus zu Haus gehen und Obdach suchen für Vater und mich.

G i n a. Aber du hast ja keinen Hut, Ekdal! Den hast du doch verloren.

H j a l m a r. Oh, diese Schändlichen, dieser Abschaum der Menschheit! – Ja, ein Hut muß herbei. *(Nimmt ein zweites Stück Brot.)* Ich muß Anstalten treffen. Denn ich habe ja schließlich nicht die Absicht, auch noch mein Leben aufs Spiel zu setzen. *(Sieht suchend auf dem Tablett umher.)*

G i n a. Suchst du was?

H j a l m a r. Butter.

G i n a. Kommt sofort. *(Geht hinaus in die Küche.)*

H j a l m a r *(ruft hinter ihr her).* Nicht nötig, nicht nötig – es macht mir nichts aus, trocken Brot zu essen.

G i n a *(kommt zurück mit einer Butterdose).* Da – soll ganz frische Butter sein, hat man mir gesagt. *(Sie schenkt ihm eine neue Tasse Kaffee ein; er setzt sich auf das Sofa, streicht noch mehr Butter auf das Butterbrot und ißt und trinkt eine Weile schweigend.)*

H j a l m a r. Könnte ich, ohne von irgend jemandem belästigt zu werden – von keiner Menschenseele – einen Tag oder zwei da in der Wohnstube wohnen?

G i n a. Ja, das könntest du so gut, wenn du nur wolltest.

H j a l m a r. Denn ich sehe einfach keine Möglichkeit, wie ich die ganzen Sachen von Vater so in aller Eile mitbekommen soll.

G i n a. Und dann kommt ja noch hinzu, daß du ihm erstmal überhaupt beibringen müßtest, daß du nicht weiter mit uns zusammen leben willst.

H j a l m a r *(schiebt die Kaffeetasse fort.)* Das auch noch, ja; das alles von neuem aufwühlen zu sollen, diese ganzen verwickelten Verhältnisse –! Ich muß mit mir zu Rate gehen; ich muß Atem holen; ich kann nicht alle diese Lasten an einem einzigen Tage schleppen.

G i n a. Nein, und noch dazu bei dem Wetter, was heute draußen ist.

H j a l m a r *(schiebt den Brief des Konsuls ein Stück beiseite).* Wie ich sehe, liegt dieses Blatt noch immer hier herum.

G i n a. Ja, *ich* hab das Ding nicht angerührt.

H j a l m a r. Mich geht dieser Wisch ja nichts an –

G i n a. Denkst du vielleicht, ich hätte die Absicht, ihn mir zunutze zu machen?

H j a l m a r. Aber es ist dennoch nicht nötig, daß er verlorengeht; in all der Unordnung des Umzugs könnte es so leicht geschehen –

G i n a. Ich werd's schon aufheben, Ekdal.

H j a l m a r. Die Schenkung betrifft ja in erster Linie Vater; und ob er von diesem Dokument Gebrauch machen will oder nicht, das mag er selbst entscheiden.

G i n a *(seufzt).* Ach ja, der arme Alte.

H j a l m a r. Nur vorsichtshalber – gibt es hier irgendwo ein wenig Leim?

G i n a (geht an das Regal). Hier steht der Leimtopf.

H j a l m a r. Und einen Pinsel.

G i n a. Der Pinsel ist auch hier. *(Bringt ihm Leim und Pinsel.)*

H j a l m a r *(nimmt eine Schere).* Nur einen Streifen Papier auf die Rückseite – *(Schneidet ihn ab und bestreicht ihn mit Leim.)* Es sei ferne von mir, mich an fremdem Eigentume vergreifen zu wollen – und am allerwenigsten an dem eines hilflosen Greises. Nein, und auch nicht an dem eines anderen. – So – laß es hier liegen, bis der Leim getrocknet ist, und dann räum es fort. Ich möchte dieses Dokument nicht mehr vor Augen haben. Nie mehr!

(Gregers Werle kommt vom Flur herein.)

Gregers *(leicht verwundert).* Wie, Hjalmar – sitzt du hier?

Hjalmar *(erhebt sich hastig).* Ich war ermattet niedergesunken.

Gregers. Aber du hast doch gefrühstückt, wie ich sehe.

Hjalmar. Auch der Leib fordert bisweilen sein Recht.

Gregers. Nun, und was hast du beschlossen?

Hjalmar. Für einen Mann wie mich gibt es nur einen Weg. Ich bin im Begriff, meine wichtigsten Sachen zusammenzuraffen. Aber das braucht seine Zeit, wie du dir wohl denken kannst.

Gina *(ein wenig ungeduldig).* Soll ich nu die Wohnstube für dich herrichten, oder soll ich die Reisetasche packen?

Hjalmar *(nach einem irritierten Seitenblick auf Gregers).* Pack ein – und richte her!

Gina *(nimmt die Reisetasche).* Ja, ja, dann packe ich jetzt das Hemd und das andre ein. *(Geht in die Wohnstube und macht die Tür hinter sich zu.)*

Gregers *(nach kurzer Pause).* Ich hatte es nie und nimmer für möglich gehalten, daß es dieses Ende nehmen könnte. Siehst du dich wirklich genötigt, fortzugehen von Heim und Herd?

Hjalmar *(geht unruhig im Raum auf und ab).* Was bleibt mir denn anderes übrig? Ich bin nicht dafür geschaffen, unglücklich zu sein. Ich muß es ein wenig nett und gemütlich haben, brauche Ruhe und Frieden.

Gregers. Aber kannst du denn das alles nicht auch hier haben? Versuch es doch. Denn jetzt ist hier doch ein fester Grund geschaffen, scheint mir, auf dem man bauen – und neu beginnen kann. Und vergiß nicht, daß du ja auch die Erfindung hast, für die du leben kannst.

Hjalmar. Ach, sprich mir nicht von der Erfindung. Die liegt wohl noch in weitem Felde.

Gregers. So?

Hjalmar. Ja, mein Gott, wie stellst du dir das eigentlich vor? Was soll ich denn überhaupt erfinden? Das meiste haben ja die andern schon erfunden. Es wird von Tag zu Tag schwieriger –

Gregers. Und dabei hast du so viel Arbeit darauf verwendet!

Hjalmar. Das war dieser ausschweifende Mensch, der Relling, der mich dazu gebracht hat.

Gregers. Relling?

Hjalmar. Ja, er war es, der mich zuerst darauf aufmerksam machte, daß ich befähigt sei, irgendeine merkwürdige Erfindung auf dem Gebiet der Fotografie zu machen.

Gregers. Aha – also Relling war das!

Hjalmar. Oh, welch inniges Glück empfand ich dabei. Nicht so sehr wegen der Erfindung an und für sich; sondern weil Hedwig daran glaubte, daran glaubte mit der ganzen Macht und Stärke eines kindlichen Gemüts. Ja, das heißt – ich Tor bildete mir die ganze Zeit ein, daß sie daran glaubte.

Gregers. Hältst du es wirklich für möglich, daß Hedwig dir gegenüber unaufrichtig sein könnte?

Hjalmar. Ich halte jetzt alles für möglich. Hedwig ist es, die mir im Wege steht. Sie wird eines Tages noch mein ganzes Leben verdüstern.

Gregers. Hedwig? Sprichst du von Hedwig? Wie sollte sie imstande sein, dein Leben zu verdüstern?

Hjalmar *(der die Frage überhört)*. Und wie unsäglich habe ich dieses Kind geliebt! Welch unsägliches Glück fühlte ich jedesmal, wenn ich heimkam in meine ärmliche Stube und sie mir entgegenflog mit ihren süßen, ein wenig blinzelnden Augen. Oh, ich argloser Tor! Ich war ihr so unsäglich zugetan – und so dichtete und träumte ich mich hinein in den Wahn, ihre Zuneigung zu mir sei ebenso unsäglich.

Gregers. Willst du behaupten, das sei nur ein Wahn gewesen?

Hjalmar. Wie kann ich es wissen? Aus Gina ist ja nichts herauszubekommen. Und außerdem fehlt ihr ja auch so völlig das Verständnis für die ideale Seite dieser Wirrungen. Dir aber, Gregers, drängt es mich, mein Herz zu eröffnen. Was mich quält, das ist der entsetzliche Zweifel: Vielleicht war Hedwig mir nie wahrhaft ehrlich zugetan?

Gregers. Nun, möglicherweise liefert sie dir einen Beweis, der diesen Zweifel zerstreut. *(Lauscht.)* Was ist das? War das nicht die Wildente?

Hjalmar. Ja, die Wildente schnattert. Vater ist drin auf dem Boden.

Gregers. Wirklich? *(Sein Gesicht leuchtet auf vor Freude.)* Hör zu, Hjalmar – es wäre gut möglich, daß du den Beweis dafür erhältst, daß die arme verkannte Hedwig dir wahrhaft zugetan ist!

Hjalmar. Was für einen Beweis sollte sie mir geben können? Irgendwelchen Versicherungen wage ich da keinen Glauben mehr zu schenken.

Gregers. Ich bin sicher, daß Hedwig jede Verstellung fremd ist.

Hjalmar. Ach, Gregers, das ist es ja gerade, dessen ich mir keineswegs so sicher bin. Wer weiß, was Gina und diese Frau Sörby, wenn sie hier so oft zusammensaßen, miteinander gezischelt und getuschelt haben! Und Hedwig, die hört alles. Vielleicht kam diese Schenkung für sie doch nicht so ganz unerwartet. Ich meinte, so etwas zu bemerken.

Gregers. Was für ein Geist ist nur in dich gefahren, Hjalmar!

Hjalmar. Mir sind die Augen aufgegangen. Paß auf – diese Schenkung war nur der Anfang, das wirst du noch erleben. Frau Sörby hat schon immer so viel für Hedwig übriggehabt; und jetzt hat sie ja die Möglichkeit, alles und jedes für das Kind zu tun. Sie können mir Hedwig wegnehmen, wann immer es sie danach gelüstet.

Gregers. Nie und nimmer würde Hedwig dich verlassen.

Hjalmar. Sei dir dessen nicht so sicher. Wenn sie ihr nun winken mit vollen Händen? Oh, und dabei habe ich sie so unsäglich geliebt! Mein höchstes Glück wäre es gewesen, sie behutsam an der Hand zu nehmen und sie zu führen, wie man ein Kind, das sich im Dunkeln fürchtet, durch ein großes leeres Zimmer führt –! Jetzt aber wird es mir zur bitteren Gewißheit: Der arme Fotograf in der Dachwohnung – sie hat ihn nie für voll genommen. Sie ist nur listig darauf bedacht gewesen, mit ihm auf gutem Fuß zu stehen, bis sie ihn nicht mehr nötig haben würde.

Gregers. Du glaubst selbst nicht, was du da sagst, Hjalmar.

Hjalmar. Das Entsetzliche ist ja gerade, daß ich nicht weiß, was ich glauben soll – daß ich es niemals werde wissen können. Aber kannst du denn wirklich daran zweifeln, daß es so sein muß, wie ich sage? Hoho, du vertraust allzusehr auf die ideale Forderung, mein guter Gregers! Wenn nun die anderen kämen, die mit den übervollen Händen, und ihr zuriefen: »Verlaß ihn; bei uns erwartet dich ein Leben in Fülle« –

Gregers *(rasch)*. Ja, und was, glaubst du –

Hjalmar. Wenn ich sie fragen würde: »Hedwig, bist du gewillt, um meinetwillen auf dieses Leben zu verzichten?« *(Lacht spöttisch.)* Na, ich danke – da solltest du mal hören, was für eine Antwort ich bekäme!

(Man hört drinnen vom Boden einen Pistolenschuß.)

Gregers *(laut, freudig erregt)*. Hjalmar!

Hjalmar. So – auf die Jagd geht er nun auch schon allein!

Gina *(kommt aus der Wohnstube herein)*. Hach, Ekdal, nu fängt Großvater tatsächlich alleine da drin auf dem Boden zu böllern an.

Hjalmar. Ich will mal eben nachsehen –

Gregers *(mit vor Ergriffenheit bebender Stimme)*. Warte noch! Weißt du, was das war?

Hjalmar. Natürlich weiß ich das.

Gregers. Nein, du weißt es nicht. Aber ich, ich weiß es. Das war der Beweis!

Hjalmar. Was denn für ein Beweis?

Gregers. Das Opfer eines Kindes. – Hedwig hat deinen Vater gebeten, die Wildente zu erschießen.

Hjalmar. Die Wildente zu erschießen?

Gina. Nein, so was!

Hjalmar. Aber was soll das denn?

Gregers. Sie wollte dir das Teuerste, was sie auf dieser Welt besaß, zum Opfer bringen; denn dann müßtest du sie doch wieder liebhaben, meinte sie.

Hjalmar *(gerührt)*. Oh, dieses Kind!

Gina. Nein, auf was die nicht alles kommt!

Gregers. Sie wollte nur deine Liebe zurückgewinnen, Hjalmar; sie meinte, nicht leben zu können ohne sie.

G i n a *(kämpft mit den Tränen)*. Da hörst du es mal, Ekdal.

H j a l m a r. Gina, wo ist sie?

G i n a *(schluchzend)*. Wird wohl draußen in der Küche sitzen, die Arme.

H j a l m a r *(geht zur Küchentür, reißt sie auf und sagt)*. Hedwig – komm herein! Komm zu mir! *(Sieht sich um.)* Nein, hier ist sie nicht.

G i n a. Dann wird sie wohl in ihrer Kammer sein.

H j a l m a r *(draußen)*. Nein, hier ist sie auch nicht. *(Kommt wieder herein.)* Sie muß fortgegangen sein.

G i n a. Ja, du mochtest sie ja auch nirgends im Haus haben.

H j a l m a r. Oh, wenn sie doch nur bald wieder nach Haus kommen wollte – damit ich es ihr richtig sagen kann –. Jetzt wird alles gut, Gregers; denn jetzt glaube ich wirklich, daß wir unser Leben noch einmal von vorn beginnen können.

G r e g e r s *(still)*. Ich wußte es; das Kind würde die Erneuerung bewirken.

(Der alte Ekdal erscheint in der Tür seines Zimmers; er ist in voller Uniform und eifrig damit beschäftigt, seinen Säbel umzuschnallen.)

H j a l m a r *(erstaunt)*. Vater, bist du in deinem Zimmer?

G i n a. Hat Großvater auf seinem Zimmer geschossen?

E k d a l *(kommt näher und sagt böse)*. So, und du, Hjalmar, du gehst also allein auf die Jagd?

H j a l m a r *(gespannt und verwirrt)*. Dann hast also nicht du auf dem Boden geschossen?

E k d a l. Geschossen? Ich? Hm!

G r e g e r s *(ruft Hjalmar zu)*. Hjalmar, sie hat die Wildente selbst erschossen!

H j a l m a r. Was denn – *(Läuft eilig an die Schiebetür zum Bodenraum, reißt sie zur Seite, sieht hinein und schreit laut.)* Hedwig!

G i n a *(läuft an die Tür)*. Mein Gott, was ist das!

H j a l m a r *(geht hinein)*. Sie liegt am Boden!

G r e g e r s. Sie liegt – *(Hinein zu Hjalmar.)*

G i n a *(gleichzeitig)*. Hedwig! *(Läuft hinein.)* Nein, nein, nein!

E k d a l. Hoho – geht sie jetzt auch schon auf die Jagd?

(Hjalmar, Gina und Gregers tragen Hedwig ins Atelier herein; die verkrampften Finger der herabhängenden rechten Hand halten die Pistole.)

Hjalmar *(verstört).* Die Pistole muß losgegangen sein. Der Schuß hat sie selbst getroffen. Ruft um Hilfe! Hilfe!

Gina *(läuft hinaus auf den Flur und ruft nach unten).* Relling! Relling! Doktor Relling – kommen Sie, schnell, schnell!

(Hjalmar und Gregers legen Hedwig auf das Sofa.)

Ekdal *(still).* Der Wald rächt sich.

Hjalmar *(bei Hedwig kniend).* Sie wird gleich wieder zu sich kommen. Gleich wird sie wieder – ja, ja, ja.

Gina *(die wieder hereingekommen ist).* Wo hat sie sich denn getroffen? Ich kann gar nichts sehen –

(Relling kommt eilig herein und kurz nach ihm Molvik; dieser ist ohne Weste und Halstuch, sein Rock steht offen.)

Relling. Was ist hier los?

Gina. Hedwig hat mit dem Ding da geschossen, und dabei soll sie sich getroffen haben.

Hjalmar. Komm und hilf!

Relling. Geschossen? *(Rückt den Tisch beiseite und beginnt sie zu untersuchen.)*

Hjalmar *(noch immer auf den Knien, sieht voller Angst zu ihm auf).* Es kann ja nicht gefährlich sein, nicht wahr, Relling? Sie blutet fast gar nicht. Das kann doch nicht gefährlich sein?

Relling. Wie ist das denn passiert?

Hjalmar. Oh, was weiß ich –

Gina. Sie wollte die Wildente schießen.

Relling. Die Wildente?

Hjalmar. Die Pistole muß losgegangen sein.

Relling. Hm. So, so.

Ekdal. Der Wald rächt sich. Aber ich habe trotzdem keine Angst. *(Geht hinein auf den Boden und schiebt die Tür hinter sich zu.)*

Hjalmar. Relling – warum sagst du denn gar nichts?

Relling. Die Kugel ist in die Brust gegangen.

Hjalmar. Ja, aber sie wird doch wieder zu sich kommen?

Relling. Siehst du nicht, daß sie tot ist?

Gina *(bricht in Tränen aus).* Oh, mein Kind, mein Kind!

Gregers *(mit heiserer Stimme).* Auf des Meeres tiefstem Grund –

Hjalmar *(springt auf).* Nein, nein, sie muß leben! Oh, ich flehe dich an, Relling – nur einen Augenblick, nur so lange, bis ich ihr gesagt habe, wie unsäglich ich sie immer geliebt habe!

Relling. Das Herz ist getroffen. Innere Verblutung. Sie war sofort tot.

Hjalmar. Und ich, der ich sie von mir jagte wie ein Tier! Und da verkroch sie sich verängstigt auf dem Boden und starb in Liebe zu mir. *(Schluchzend.)* Und es nie wieder gutmachen können! Niemals mehr ihr sagen können –! *(Ballt die Hände und schreit nach oben.)* Oh, du da droben –! Falls es dich gibt! Warum tatest du mir dies!

Gina. Still, Ekdal – versündige dich nicht! Wir hatten wohl nicht das Recht, sie zu behalten, denke ich.

Molvik. Das Mädchen ist nicht tot; es schläft nur.

Relling. Dummes Zeug.

Hjalmar *(wird still, geht zum Sofa, verkreuzt die Arme vor der Brust und sieht zu Hedwig hinunter).*
Da liegt sie nun so starr und stumm.

Relling *(versucht die Pistole aus ihren Fingern zu lösen).* Die sitzt so fest, so fest.

Gina. Ach nein, Relling, brechen Sie ihr nicht die Finger; lassen Sie das Ding sitzen.

Hjalmar. Sie soll die Pistole mit ins Grab nehmen.

Gina. Ja, das soll sie. Aber nu soll das Kind nicht länger hier draußen zu Schau liegen. Hedwig soll hinein in ihre Kammer. Faß an, Ekdal.

(Hjalmar und Gina heben gemeinsam Hedwig vom Sofa.)

Hjalmar *(während sie tragen).* Oh, Gina, Gina – kannst du das ertragen!

Gina. Der eine muß eben dem andern helfen. Denn nu tragen wir ja beide die Hälfte, scheint mir.

Molvik *(streckt die Arme aus und murmelt).* Gelobt sei der Herr; zu Erde sollst du werden, zu Erde sollst du werden –

Relling *(leise).* Halts Maul, Kerl – du bist ja besoffen!

(Hjalmar und Gina tragen die Leiche durch die Küchentür hinaus. Relling macht die Tür hinter ihnen zu. Molvik verdrückt sich hinaus auf den Flur.)

Relling *(geht auf Gregers zu und sagt).* Kein Mensch soll mir erzählen wollen, daß dieser Schuß versehentlich losgegangen ist.

Gregers *(der bisher vom Schreck gelähmt dagestanden hat, in krampfartigen Zuckungen).* Niemand vermag zu sagen, wie sich das Entsetzliche zugetragen hat.

Relling. Der Stoff der Kleides war versengt. Sie muß die Pistole direkt an die Brust gesetzt und dann abgedrückt haben.

Gregers. Hedwig ist nicht vergebens gestorben. Haben Sie gesehen, wie der Schmerz alles hervortreten ließ, was an ihm groß ist?

Relling. Das ist bei den meisten Leuten so, wenn sie schmerzlich bewegt bei einer Leiche stehen. Aber was glauben Sie, wie lange diese Herrlichkeit bei ihm dauert?

Gregers. Sollte sie nicht dauern und wachsen ein Leben lang?

Relling. Noch ehe ein Jahr herum ist, wird Klein-Hedwig für ihn nichts anderes sein als eine angenehme Gelegenheit, sich in gerührten Phrasen über sie zu ergehen.

Gregers. Das wagen Sie von Hjalmar Ekdal zu sagen?

Relling. Wir wollen uns wieder sprechen, wenn das erste Gras auf ihrem Grab verwelkt ist. Da werden Sie ihn tönen hören über »das dem Vaterherzen zu früh entrissene Kind«. Da sollen Sie mal sehen, wie er sich einpökelt in Rührung und Selbstbewunderung und Mitleid mit sich selbst. Warten Sie nur ab!

Gregers. Wenn Sie recht haben sollten und ich unrecht, so ist das Leben nicht wert, gelebt zu werden.

Relling. Ach, das Leben könnte trotzdem ganz schön sein, wenn man nur seine Ruhe hätte vor diesen salbungsvollen Eintreibern, die uns armen Leuten die Türen einrennen mit ihrer idealen Forderung.

Gregers *(starr vor sich hinsehend).* Nun, wenn es so ist, dann will ich froh sein, daß mir das bestimmt wurde, was nun einmal meine Bestimmung ist.

Relling. Verzeihung – was ist denn Ihre Bestimmung?

Gregers *(im Begriff zu gehen).* Der Dreizehnte bei Tisch zu sein.

Relling. Wer's glaubt.

NACHWORT

Das oft zitierte Bekenntnis Ibsens, Dichten heiße Gerichtstag halten über das eigene Ich, läßt sich mit gutem Recht über seine Person hinaus erweitern; denn er hat als Gesellschaftskritiker die Lebenslüge seiner Epoche scharf aufs Korn genommen, um das Individuum aus leer gewordenen Konventionen zu befreien. Ibsens Wirkung war zu seiner Zeit unermeßlich groß, einmal deshalb, weil er aktuelle Zeitprobleme auf die Bühne brachte, zum anderen, weil er das theatralische Handwerk vollendet beherrschte – sowohl im Hinblick auf effektvolle Handlungsführung wie auch mit seiner Kunst des meisterhaften Dialogs und der Menschengestaltung. So wurde er zum Bahnbrecher des literarischen Naturalismus auf dem Theater. Gerhart Hauptmann wußte, was er ihm verdankte, auch Bernard Shaw hat ihm mit seinem »Ibsen-Brevier« gehuldigt.

Wenn heute die Stücke des großen Norwegers noch immer zum ständigen Repertoire unserer Bühnen gehören, dann ist das nur zum Teil in ihrer brillanten theatralischen Form begründet, entscheidender dafür ist die dichterische Substanz seines Werkes; denn Ibsen hat seine Darstellung der Zeitprobleme tief genug im Allgemein-Menschlichen fundiert, er ist ein Dichter von symbolischer Kraft, und so erweisen sich seine Wahrheiten als dauerhaft.

Henrik Ibsen wurde am 20. März 1828 in Skien geboren. Als die Firma seines Vaters zusammengebrochen war, ging er nach Grimstad, um dort Apotheker zu werden. Doch begann er schon in dieser Zeit zu schreiben, 1850 entstand sein erstes Drama *Catilina.* Dann ging er in die norwegische Hauptstadt, wo er mit Björnson Freundschaft schloß. Von 1851 bis 1857 war er Regisseur und Theaterdichter in Bergen, anschließend leitete er bis 1862 das »Nationale Theater« in Oslo. In diesen Jahren erwarb er sich die Bühnenpraxis, die allen seinen Stücken zugute kommen sollte. Freilich blieb ihm zunächst der Erfolg versagt, er ging außer Landes und lebte in Rom, in Sorrent, in Dresden und München. Erst 1891 kehrte er nach Norwegen zurück. Er starb am 23. Mai 1906 in Oslo.

Frau Inger von Östrot (1857), eines seiner ersten romantischen Dramen aus der norwegischen Geschichte, zeigt, wie Ibsen die spannende Technik des französischen Dramatikers Scribe zu nützen wußte; auf dieses Werk folgten *Nordische Heerfahrt* (1858), *Komödie der Liebe* (1862), *Kronprätendenten* (1864). Das Schauspiel *Brand* (1866) mit seiner Forderung des »Alles oder Nichts« zeigt Einflüsse Kierkegaards, es hat das Scheitern eines übersteigerten Idealisten zum Thema. Das dramatische Gedicht *Peer Gynt* (1867) erscheint uns heute als eines von Ibsens besten Werken, es ist sein Bekenntnis, eine großartige Lebensdichtung, mag es auch zunächst als kritischer Spiegel für seine Heimat gedacht gewesen sein. In *Kaiser und Galiläer* (1873) strebt er nach der Vereinigung von antikem und christlichem Geist. Auf das zeitkritische Schauspiel *Stützen der Gesellschaft* (1877) folgte *Nora oder ein Puppenheim* (1879), das einst vielumstrittene Werk vom Persönlichkeitsrecht der Frau. In den *Gespenstern* (1881) greift er das Thema der Vererbung auf, im *Volksfeind* (1882) klagt er Heuchelei und Verlogenheit an, in der *Wildente* (1884) erörtert er mit bedeutender dichterischer Kunst sein Kernproblem, die Lebenslüge. Nach *Rosmersholm* (1886) schrieb er die beiden psychologischen Frauendramen *Die Frau vom Meer* (1888) und *Hedda Gabler* (1890). Bekenntnishafte Alterswerke sind *Baumeister Solness* (1891) und *Wenn wir Toten erwachen* (1899). *hs*

Henrik Ibsen

IN RECLAMS UNIVERSAL-BIBLIOTHEK

Baumeister Solness. Schauspiel. Übertragung von Hans Egon Gerlach. Nachwort von Anni Carlsson. 3026

Die Frau vom Meer. Schauspiel. Übertragung von Hans Egon Gerlach. Nachwort von Anni Carlsson. 2560

Gespenster. Ein Familiendrama. Übertragung von Hans Egon Gerlach. 1828

Hedda Gabler. Schauspiel. Übertragung von Hans Egon Gerlach. Mit einem Nachwort. 2773

John Gabriel Borkman. Schauspiel. Übersetzung von Hans Egon Gerlach. Nachwort von Gerhard Reuter. 8673

Nora oder Ein Puppenheim. Schauspiel. Übertragung von Richard Linder. 1257

Peer Gynt. Ein dramatisches Gedicht. Übertragung und Nachwort von Hermann Stock. 2309 [2]

Rosmersholm. Schauspiel. Übertragung und Nachwort von Hans Egon Gerlach. 2280 [2]

Die Stützen der Gesellschaft. Schauspiel. Übertragung Hans Egon Gerlach. 958

Ein Volksfeind. Schauspiel. Übertragung von Hans Egon Gerlach. 1702

Die Wildente. Schauspiel. Übertragung von Hans Egon Gerlach. 2317

Philipp Reclam jun. Stuttgart